尋找
回家的 路

數學國
歷險記

周旭東 著

前文提要

　　期末考試前夕，不愛學習的十一歲男孩陶雷被神祕的三眼鴿帶到惑瘋大陸。他在不敗之地遇到了因飛機事故誤打誤撞來到這裡的高慧，一起開啟了冒險之旅。

　　友好的幫助國王為他們指出去漢字國才能找到回家的路。在漢字國，好客的門衛大哥帶他們見識到當地獨特的風土人情和歷史文化。

　　他們因為沒有零用錢參加了一場賭局，居然用學校學到的分數和機率贏得獎金。逗留第二天便趕上百年不遇的繁簡之戰，目睹到筆畫村的長老們慷慨陳詞、化解干戈。

　　不巧，能送陶雷和高慧回家的老頭兒要幾日後才能到漢字國，兩個小朋友為了盡早回家不得不展開通往數學國的旅程……

目次

食之無味

　　拱橋的東橋頭，立著一個一人多高的指示路標。

　　上面有一大四小的五個箭頭，指向了正北，東北，正東，東南和正南五個方向。

　　指向正東方的指示箭頭最大，其他四個一樣大小，分別指向了前面分岔的五條道路。

　　每個箭頭上都寫著「數學國」三個字。

　　「怎麼回事？！」

　　「都是數學國？」

　　「到底哪一個是真的？」

　　「我們看看路標背面，好像還有字。」

　　「啊，只有最大的哪個是有字的，就是有點模糊。」

　　陶雷跳起來擦了幾下大路標上的塵土，才看得比較清楚。

　　「這條是去數學國最近的路，因為兩點之間直線最

短。」

「哦，我明白了，這五條路都是通往數學國的，往正東走是走直線，沒有拐彎，沒有繞遠，所以最快。」陶雷解釋道。

「條條大路通羅馬呀！那走正北和正南豈不是要走許多冤枉路？」高慧也懂了。

「是啊，那咱們就走中間？」陶雷問。

「但是……你看看……」高慧揚手一指正前方的這條路。

這是一條筆直的大路，路上只有滾滾的黃沙，飽經風蝕的岩塊，長滿倒刺的無葉植物，遠處天空中翱翔著兇猛剽悍的隼鷹，沙子在風中偶爾發出嘶嘶的蒸騰聲。黃色的陸地一直連到被烈日映黃的天邊，彷彿看不到盡頭。

「這就是最近的那條路……」高慧吐了吐舌頭。

「我們要想最快到家就應該走那條路……」陶雷說得一點信心都沒有。

「你確定？」

「我不確定……」

「這條路能榨乾明媚的陽光，也能夠榨乾我們。」

「我同意，咱們還是看看其他幾條路吧！」

「正南和正北的一定是走最遠的，我們就在剩下的兩個裡選一個。」

東北方向的路上青松翠柏，野草叢生，中間夾雜著菖蒲、桔梗、胡枝子，在盛夏的陽光中顯示出茁壯的生命力。

東南方向的路上卻是白皚皚一片！大雪將地上的萬物都包裹上了銀白色的黑暗，下面可能是冬青？奶漿草？金絲菊？海石花？都埋在積雪之下，渾然一體，看造型已分辨不出為何物。

「我們走哪條路？」陶雷徵求高慧的意見。

「你說呢？」高慧也沒了主意。

「這麼熱的夏天會有積雪，太奇怪了！」

「嗯，不正常。」

「那我們就走有綠樹的這條路吧。」

「好，這條路有點像去幫助國的路。」

「是有點像。」

「結果就帶來了好吃好喝好運氣。」

「那就再信它一次。」

「好！」

「走！」

目標數學國，方向東北。

進入路段，直行了兩百多米就就有一個轉彎，而松樹和柏樹也就此停止，新的道路兩邊取而代之的是白樺樹和楊樹。這條路曲曲折折，兩三百米就會有一次小轉彎，每個轉彎都會有新的植物出現，他們路過了珊瑚樹、公孫樹、大葉黃楊、小葉黃楊、香椿樹、臭椿樹、梧桐樹、合歡樹、食人樹、麵包樹等等，還有好多他們叫不上名字的植物。剛開始陶雷還能分清方向，走了幾千米過後已是暈頭轉向，能判斷的只是在往東邊走。

又是一個轉角過後，高慧聞到了夏風中甜甜的香氣。

那無與倫比的甜香，浸透在大氣中。似乎愈靠近路邊，那香氣愈發甜美，只要扭扭頭，換個姿勢，香氣都會忽而變強忽而變弱。

是香雪蘭嗎？不，不是香雪蘭。比起香雪蘭來，這香氣更帶有甜味，沁馨芳醇，似乎會入口即化。

就像被這股香氣所迷惑，陶雷和高慧舉步踏入樹

叢裡。

是桂花香。一棵又一棵桂花樹或遠或近地藏匿在樹叢深處。

斜倚在濃郁的桂花樹旁，高慧和陶雷久久不願回到路上。

香甜到極致的誘惑。

他們決定放棄寬敞曲折的道路，向著東方，嗅著花香，舉步前行。

光是憑著大氣中甜味濃度都可以判斷出下一棵桂花樹的距離。

每一分肌肉都放鬆了起來，踩在亂草上的腳步也輕了許多。

「選擇這裡是對的。」高慧笑著對陶雷說，臉上泛起了紅暈。

「英明決斷。」陶雷都快飄了起來。

不知道又走過了多少個轉彎，路旁的植物換了多少種。

太陽不再曝曬，兩個人的影子被拉得和身旁的樹幹一樣長。

　　又走了一陣子，他們沒有注意到，已經越過的公路左手邊有一塊石碑，上面有三個血紅的大字。

　　過了石碑，風景依舊，橙星點綴的桂花樹還是間隔幾十米一棵。

　　腳下的步履卻沉重了許多，彷彿樹林中出現了令人不安的氣息，原本有一搭沒一搭說笑解悶的小朋友們自覺地閉上了嘴巴。

　　誰也說不出哪裡不對勁，但是剛才芳婉舒適的氣氛蕩然無存，陶雷和高慧只能心中納著悶兒，悶著頭向前走。

　　「好奇怪啊？」沉默許久過後，高慧先忍不住挑起話題。

　　「我也覺得奇怪，但是又說不出來哪裡有問題。」陶雷其實也想說了。

　　「旁邊的景色還是一樣的。」

　　「看起來是和之前沒有太大區別。」

　　「我們走錯路了？」

　　「沒有。」

　　「你怎麼知道沒有走錯？」

「我們連正確的路都不知道在哪，怎麼會知道是走錯了呢？」

「我知道哪裡出問題了？！」高慧喊了出來。

「什麼？」

「你聞！」

「聞什麼？」

「桂花樹。」

「桂花樹？」

「對，就是這棵，把鼻子離近了去聞。」

陶雷把頭探過去在一朵桂花上深深吸了一口氣。

「怎麼樣？」

「等等，我再試試。」陶雷擰緊了眉頭，離得幾乎要貼在桂花上，更深的吸了一口花香。

「怎麼樣？」

「沒有味道？！」

「對，就是沒有味道了。我們再試試其他的植物。」

他們把前方一百米路上的每一種植物都聞了一遍，結果都是沒有味道的。

　　兩個人又互相聞了聞彼此身上的味道。

　　照理說，總該有昨天泡澡時殘留的花瓣香，混雜著今天頂著烈日行進出的汗味，所形成的奇怪味道。

　　很不幸，兩個人身上都淡得像白開水般什麼味道也沒有。

　　「是不是我們的鼻子出了問題？」

　　「不應該啊，剛才還能聞出濃烈的桂花香。」

　　「先不說鼻子了，我的肚子開始咕咕叫了。」

　　「我也有點餓了。」

　　「前面哪有賣吃的地方啊？」

　　「再走走看吧。」

　　前方遠處依稀能看到縷縷炊煙，必定是有人家開始升火做飯了，陶雷和高慧不覺加快了腳步，不再說話。

　　樹叢的盡頭和正路匯合成一點，一個村落浮現眼前。

　　村子不大，裡面是一座座兩層高，有稜有角的四方土樓，在斜陽的照耀下，地上映出錯雜的銳利陰影。

　　室外一個人都沒有，他們徑直走進樓宇間，尋找炊煙最旺的哪一棟。

　　陶雷覺得只有能招待很多客人的大飯館才會升起那

麼大的白煙，自己家做飯應該沒那麼誇張。

在出漢字國的路上，門衛大哥曾告訴過他們，作為惑瘋大陸上最大的國家，漢字國的貨幣可以在任何地方流通，出去之後放心使用就好了。

走了一下午了，又累又餓，高慧更想好好大吃一頓。

最粗壯的炊煙出現在村子的正中央，就像北斗七星般為他們指明了方向。

轉了幾個彎後，到了。

炊煙的正面是一對木門，上面繪著神話中的飛禽走獸，大羅金仙。門前一面小旗子上畫了一根串了肉的骨頭。

「沒錯了，這裡一定是飯館。」陶雷很得意自己預料對了。

「恩，趕緊進去吧，我都等不及啦！」高慧推門就進去了。

門裡先是一個簡單地走廊和門房，一個赤著腳身穿白袍的男子禮貌地迎接了過來。

「您好，歡迎光臨奇異自助餐廳。」

「你好，我們餓啦！」

「請問您一共幾位？」

「兩位。」

「請等一下，我去看看還有沒有位子。」

居然還有可能沒有位子！陶雷和高慧互看了一眼，心中都默默念叨著我們可不想再走路了。

「你們真幸運，剛剛好還有兩個名額，請先付款，三百塊一個人，全部都包括了，之後就不用再繳錢了。」

「一張、兩張、三張，喏，給您。」陶雷遞過錢去。

「哎呀，這是漢字國的貨幣啊，兩百塊就夠了，找您一百。」

「謝謝！」好像是便宜了一百塊，陶雷還挺高興的，其實價格是一樣的。

「請脫下鞋子，鞋架就在右手邊。」

他們脫了鞋子，也光著腳，跟著白袍男子穿過走廊。

「你們來的有些晚，宴會已經開始了，頭一道是棗子配咖啡，已經上過一輪，結束了，現在是正餐時間，如果你們還想嘗嘗棗子和咖啡，一會兒和我說，我會再給你們準備。」

「太好了！謝謝你！」

來到餐飲區，是個能容納二十多人的長方形房間，地上鋪著厚厚的羊毛地毯，吸收了大家走動的聲音。所有的食物擺放在正中央的一條長方形塑膠布上，有大塊的燒肉、五彩的蔬菜沙拉、白白的米飯、新鮮的水果拼盤、焦黃的甜點、盛著不同飲料的茶壺，靠門的一頭擺好了隨意取用的餐盤餐具。靠著牆的一圈鋪著供大家坐臥的軟墊，大部分人已經拿好了食物，開始團坐在軟墊上大快朵頤，還有幾位離席至食物區，慢慢揀選第二輪的美味。

大家都吃得很斯文，細嚼慢嚥的，似乎誰都專注在了自己的美食上，沒有任何人聊天，弄得餐廳頗似圖書館般靜寂。

陶雷注意到，咀嚼著如此豐盛的美食，所有人卻都流露出憂傷的神情。

「歡迎光臨，請慢慢享用。」站在餐飲區一位穿黑色長袍的服務人員遞給他們兩個盤子和兩副刀叉。

「不客氣啦！」兩個小朋友接過盤子直奔到有肉的地方。

他們的到來給寧靜的餐廳注入了一絲生氣。

肉、米飯、肉、還是肉！他們徘徊兩圈之後還是決定第一輪無視水果蔬菜，先用肉來填飽肚子！

找了個沒人的牆角，兩人開始他們的晚餐，高慧一叉子戳在一塊足有她拳頭那麼大的紅燒肉上面，一口就咬了小半個下來，嚼都沒怎麼嚼就直接吞下去，肉團經過食道落入胃部的過程給她帶來極大的滿足感。

陶雷也不甘示弱，燒肉就著米飯，先往嘴裡扒拉了好幾口，他們的吃相和自助餐廳裡先到的食客格格不入，他們也不在乎。

有了第一口墊底，高慧慢了下來，第二口開始咬得小了，肉塊在牙齒和舌頭尖彈來彈去，下肚之後她問黑袍服務員：「這是什麼肉啊？」

「紅燜羊肉！」黑袍子特別熱情。

「哇！」一口，高慧差點把嘴裡的東西吐了出去。

「咕嚕！」明明是要吐出口的，她也覺得在那麼多人面前吐出來很不文明而且很丟臉，硬是在最後一刻用牙齒堵住去路，狠命一咽，把肉塊吞進肚子裡。沒有嚼碎的紅燜羊肉塊頭還不小，在她食管中塞住了，噎得她

直哆嗦。

陶雷見狀趕緊去倒了一杯水遞給她，在水的作用下，羊肉被緩緩順入胃部，她才大大喘了一口氣，頭上都出汗了。

服務員也嚇了一跳，忙問：「到底怎麼了？羊肉做的應該沒問題啊。」

陶雷也關切得看著她。

高慧擺擺手：「不是的，不是的，不是你們做的不好，是我從小就不吃羊肉，我最討厭羊肉身上的膻味了，別說吃，一聞到就噁心得想吐。不用擔心，請你告訴我哪個不是羊肉，我吃別的就可以了。」

本來餐廳就安靜，她這一折騰，立刻成了全場的焦點。

「膻味啊！」坐在離他們不遠處的一位食客重複著她的話，臉上浮現出羨慕的神情。

「好懷念啊！」這個話題點燃了整個餐廳，眾食客們都伸展了眉頭，彷彿回憶起最美好的快樂時光。

「小姑娘，你吃出膻味了？」

「呃……沒有。」

「小姑娘，你聞道膻味了？」

「呃……也沒有。」

「那你剛才激動地要吐出來是因為？」

「是因為……他說這是紅燜羊肉。」高慧想了一下，確實吃的時候一點都沒察覺到有膻味。

「這樣啊……哎……」大家都唉聲歎氣。

「怎麼了？」陶雷不解地問

「小伙子，你再嘗一口，試試羊肉是什麼味的？」

陶雷認真地咬了一口，把肉放在味蕾最集中的舌尖上，又含了好一會才嚥下去。

大家期待地望著他。

「奇怪啊，怎麼什麼味道都沒有？」

「好像是啊，我們再嘗嘗別的。」於是陶雷和高慧把肉、米飯、蔬菜沙拉、水果、甜點各嘗了一下，最後還喝了一口茶。

「我的天啊！這是怎麼回事啊？所有的食物都沒有味道！」

「你們再聞聞看呢？」

就像聞花香一樣，他們又用鼻子把食物都聞了聞。

「也聞不出味道來。」

「這就對了。剛才我還以為奇跡出現了，膻味回來了呢，空歡喜一場啊。」

噫……大家都又垂頭喪氣。

「這到底是怎麼回事啊？誰能給我們講講？」高慧問道。

中間的服務生緩緩說：「造孽啊！說來話長。我們這裡原來叫做百味谷，在山谷最深處的百味塔裡住著一位『百味居士』，百味居士神通廣大，專門會製造各種味道，不論是聞的還是吃的味道都能造出來，有甜的、鹹的、酸的、苦的、臭的、香的、辣的、膻的、腥的，聞著苦喝著香的咖啡味，聞著臭吃著甜的榴蓮味，聞著甜吃著澀的柿子味等等，他還特別愛研究，發明創造出了好多種味道。」

「能發明出什麼味道呢？」

「他製造出了一種聞起來像巧克力但吃起來像芒果的味道，放進了羊肉裡。」

「哈哈，羊肉要是能有這兩種味道我以後天天吃羊肉！」高慧眼睛都直了。

「他還製造出了一種聞起來像豆腐但吃起來像辣椒的味道，放進了蘋果裡。」

「啊！那吃蘋果的人不就辣死了！」陶雷吐了吐舌頭。

「是啊，第一個嘗蘋果的人差點被辣得飛到天上！」有其他食客補充，大家回想起這段故事，都笑了。

「他還製造出了一種吃起來沒有味道，但聞起來像胡椒粉的味道，放進了路上的桂花瓣上。」

「哇！那結果……」

「結果那天出門的人都要打一路的噴嚏。」眾人又是一陣歡笑。

「總之，百味居士每天都要製造不同的味道，在夜裡他的助手『格子童子』就會帶著他做好的味道，放進我們身邊的每一個角落，在早上起來我們可能聞到菠蘿哈密瓜味的牛奶，吃到糖醋長頸鹿肉味的麵包，也可能是蒜蓉複方甘草味的牛奶和五香臭襪子味的麵包，反正每天你遇到的味道都不一樣。」

「那時候每一天早上一睜開眼都充滿了期待，不知道今天又會遇到什麼稀奇古怪的味道。」

「太神奇了！我也想試試這裡的生活！」高慧聽得異常興奮。

「那怎麼變成現在這個樣子了呢？吃的東西都沒有味道，我們來的時候路上的桂花也不香了。」

「嘿……百味居士是個很聰明的人，但是也是個脾氣古怪的人。」

「古怪得很，有時候我們背地裡叫他怪老頭。」

「他活了一把年紀了，從來都不會做飯，也不去學，這輩子都沒做過一次。」

「泡麵都從來沒自己泡過。」大家七嘴八舌說開了。

「那他每天去哪裡吃飯呢？是格子童子給他做嗎？」陶雷問。

「格子童子也不會，他們每天三頓飯都在學校的學生食堂裡吃。」

「天天來學校食堂？是因為他很喜歡小孩子嗎？」高慧問。

「說對了一半，確實他很喜歡小孩子，還有就是因為每天晚上格子童子都要把不同的味道灑遍整個村子，所以第二天同樣的食物就會有不同的味道，可能今天的

茶雞蛋真的是茶葉味的，第二天的茶雞蛋就是松鼠鮭魚味的，小孩子吃了第一口總會興奮地喊出來。百味居士就喜歡看他們跳起來的樣子。」

「這個怪老頭也很天真頑皮嘛。」高慧眨眨眼。

「小孩子一樣的脾氣怎麼能行，後來就出事了……」

「怎麼了？」

「在三年多前，有那麼三個月百味居士一直在研究和肉有關的味道，我們就生活在肉的海洋裡，可能今天吃到了八角大料咖哩雞肉味的蘋果，明天就是丁香玫瑰紅酒鹿肉味的番茄，孩子們可喜歡了，每天見到百味居士都圍著他又唱又跳，誇他做的味道好。那三個月他簡直是谷裡的超級明星，最受歡迎發明家。」

「可是，好景不長，在之後的一個月裡，百味居士應該研究的都是和蔬菜有關的味道，所以哪個月我們吃的和聞得東西都是青菜味道的。」

「醋溜土豆味的鐵板牛柳，上湯娃娃菜味的紅燒獅子頭，清炒西蘭花味的紅燒肉。」

「我還記得有西芹百合味的可口可樂，雞蛋炒番茄味的冰糖雪梨汁。」

「整整一個月，什麼都是蔬菜味，連桌子和椅子都是散發著涼拌黃瓜的香味。」

「這多有趣啊！」

「我們成年人還可以了，不喜歡也無所謂，吃飽了就行了，可是孩子們就受不了了。」

「第一個星期還好，每天不一樣的蔬菜味道也能給他們帶來新鮮感，每天吃飯的時候還可以高興地跳起來；第二個星期就不行了，他們開始懷念肉的味道，嚐到新味道也興奮不起來，只能默默地吃完；第三個星期，他們開始哀求百味居士，能不能放一點肉味進去，可是百味居士就是這樣一個怪人，他只按照自己的心情調製味道，當時他正專注於蔬菜，所以根本就不為所動；第四個星期孩子坐不住了，每天一去食堂吃東西也能跳起來，不過都是憤怒地跳起來，嘴裡還要咆哮著『為什麼是蔬菜！怎麼又是蔬菜！我們要吃肉！』」

「百味居士還是沒有給他們肉味。」高慧說。

「是的，從第二個月開始，所有的學生都抵制食堂，一整天食堂裡空蕩蕩的，除了百味居士帶著他的格子童子，一個人都沒有。」

「百味居士這才發現大家不歡迎他，同時又很生氣，一怒之下把所有的味道都收回，從那天起我們百味谷什麼東西都沒有味道了。」

「就這樣過了一年，我們把百味谷的名字改成了『無味谷』。」

「三年了，所有的東西都沒有味道。」

「我都想自殺了，這過的是什麼日子啊。」

大家開始叫苦不迭。

「你們沒有去求過百味居士嗎？說點好話，叫他把味道還給你們。」陶雷問。

「怎麼沒有啊，可是他就是這個倔脾氣，好說歹說都不肯給。」

「小孩子們也給他寫信，承認了錯誤，說以後願意天天吃蔬菜，再也不吃肉了。」

「都三年了，還在記仇？還沒消氣嗎？」

「恐怕還沒有，每次問他，他都不理我們。」

「那該怎麼辦呢？」

「我們不知道啊，唉……」

飯廳裡又出現了死一樣地沉寂。

　　陶雷和高慧只能繼續吃著盤子上的無味飯，高慧也不再在乎是羊肉還是牛肉了，反正都沒有味道，吃什麼都一樣，只是挑塊頭大，能趕快填飽肚子的，草草地吃了兩盤子，也不覺得餓了。

　　黑袍服務員看他們吃的差不多了，走過來說：「剛才你們錯過了第一輪的棗子配咖啡，我們還有剩下的，你們要嘗嘗嗎？」

　　「不用了，謝謝，都是沒有味道的，棗子那麼小還要吐核兒，太麻煩了，不要了。」

　　等差不多所有人都吃完了，黑袍服務員端來了一壺泡好的紅茶和一小碗方糖，依次給大家倒上，紅茶和方糖的來到，意味著晚餐的結束。有的人把方糖放進茶杯裡等著自然融化，有的人把方糖放進茶杯後再拿小湯勺攪拌均勻，還有人直接把方糖咬在嘴裡，灌一口茶水，讓糖塊融化在嘴裡。

　　「這都有什麼區別？一點意義都沒有啊！直接扔進肚子裡好了。」陶雷看著眾人喝茶很不解。

　　黑袍服務員解釋說：「他們剛才的動作都是當年喝茶的習慣，雖然現在沒有這個必要了，他們還是不想改

正。因為這樣可以讓大家回憶起從前一起品茶的美好時刻，保留著原來的動作，好像味道還在。即便真的是平淡無味，也要看起來活得精緻，說不定哪一天真的味道就回來了呢，忘了怎麼喝茶可不行。」

　　陶雷和高慧也就入鄉隨俗的把糖塊扔進杯子裡，拿小湯匙象徵性地攪了攪，擺出一副很有品味的樣子慢慢喝下。

　　「他們真的好可憐啊……」高慧悄悄和陶雷說。

　　「是啊，我好想幫助他們。」

　　「我也想。」

　　「請問百味居士住在哪啊？」陶雷問黑袍服務員。

　　「在百味塔，出了門一直往後走，山谷的盡頭就是他的家了，他的家特別好認，因為除了他的百味塔，無味谷所有的建築物都是方形的，只有他的家是圓的。」

　　高慧和陶雷互相對視了一眼，就這麼定了。

百味居士

　　百味谷不大，就像飯後散步般便來到了盡頭。

　　沒有稜角的塔樓彰顯了與眾不同的存在。兩層的石砌塔樓不知道修建多少年了，被磚牆上橫豎錯雜地細紋裝點得就像一顆百年樹樁，在星空初現的傍晚尤為寧謐而古老。

　　高慧走上前，輕叩門扉。

　　過了一會兒，門上的木頭被抽走了一塊，露出一隻正方形的眼睛。

　　眼睛仔細打量他們一番，然後門鏡又被關上了。

　　聽不太清的交談聲過後門開了，一個和陶雷差不多高的透明物體出現在他們面前。

　　確切的說是一塊有手有腳卻沒有頭的透明長方體，頗有點像一臺立式冰箱，但是能看出正面被橫著劃分出了許多層，就像一層又一層的抽屜。

　　最下面的那一層抽屜打開又關上兩次，發出「請

進！」的聲音，看來這個是他的嘴。高慧趁他打開的時候往下瞧，發現抽屜裡又被橫豎均勻地透明擋板劃分成無數小格子，看來他就是格子童子無疑了。

還沒等他們回答，格子童子就一溜煙跑上了樓梯，在一樓和二樓的樓梯轉彎處藏住身子，露出一隻眼睛偷看他們。

「他是我的助手格子童子，天生膽子小，是我從廢物處理廠撿回來的，不要見怪。請替他把門關上，謝謝。」主人發話了。

不用說，他就是百味居士，穿一身灰布長袍，尖尖的鼻子，小嘴巴，翹著二郎腿半攤在沙發上，雙手自然下垂，一副吃完晚飯想睏的樣子。

陶雷很聽話的關上門，然後悄悄聞屋子裡的氣味。

似乎是心意相通，高慧也在嗅屋裡的空氣。

可是和外面一樣，沒有任何味道。

「是不是很好聞呢？」百味居士很敏銳地撲捉到了他們刻意聞的動作。

「什麼味道都沒有啊？」

「怎麼會呢？我現在釋放的是純淨空氣的味道，你

沒有聞出其中摻雜了氧氣味、氮氣味、二氧化碳味，還有幾味小料用完美比例混合出來的味道嗎？」百味居士這下睜大眼睛，貌似不睏了。

「純淨空氣的味道不就是沒有味道嗎？」

「這有什麼好聞的？」高慧直皺眉。

「好吧，我讓你試試這個。」百味居士打了個響指。

屋子裡的燈光微微變藍了。

「不一樣了！是……鹹味！」高慧聞出來了。

「鼻子挺靈，剛才我用的是傍晚海邊海風吹來的鹹味，我給你們加點濃度。」

愈來愈鹹，還有點腥臭。

「咳、咳、咳咳咳！快停下，這是什麼啊？好難聞啊！」

「這是海鮮市場裡臭鹹魚的味道，夠不夠味？」

「夠了，夠了！咳咳咳！」

百味居士雙手一擊掌，鹹味頓時無影無蹤，屋裡的燈光悄悄變白了。

「哎呦，總算沒有了，噁心死了！現在是……酸味。」

「不錯，一下就猜對。我正在釋放的是新鮮酸奶加上白糖的氣味。」

「真誘人，好想喝酸奶了呢。」

「我給你醞釀一下。」百味居士壞笑了一聲。

愈來愈酸，一定是餿了。

「嗆！不要醞釀了，好嗆鼻啊，酸奶過期了吧。」

「不簡單啊，這都被你聞出來了，咱們再換換。」

百味居士鼻子哼了一下，酸味馬上沒有了，屋裡的燈光偷偷轉紅了。

「謝天謝地，不酸了。現在有點⋯⋯好香啊！是麻辣的味道！我口水都要出來了。」

「辣椒是有辣度的啊，剛開始的是小辣，我們給你們加點辣度！」百味居士又吹了一口氣，整個屋子都紅透了。

「不！太辣了，受不了了！」陶雷鼻涕眼淚一個勁兒的往下流。

高慧坑辣度強一點，還在負隅頑抗，過了不到一分鐘也撐不住了，忍不住咳嗽。

「好了，就玩到這吧，停！」百味居士右手在空中

一抓，霎時又恢復了平靜。

　　陶雷和高慧又擤了兩次鼻涕，擦了一次眼淚才能正常對話。

　　「來好好感覺一下，現在是純淨空氣的味道。」

　　「太好聞了！」

　　「沒有比這更好的味道了！」

　　「我就說嘛，你們還小，要慢慢學會欣賞。」

　　「沒有味道就是最好的味道。」格子童子在樓梯處探出頭插了一句，然後又縮回去了，還是露著頭偷看。

　　「我是這裡的主人百味居士，你們是誰？」

　　「我叫陶雷，我是臺灣人。」

　　「我叫高慧，我是波斯人。」

　　「哦？都沒聽說過。你們來做什麼？」

　　「我們聽說您可以做成各式各樣的味道，就想來見識見識。」陶雷和高慧商量好了，剛一來先不說幫谷裡的人們要味道的事，而且他們也真的想看看。

　　「每天的參觀時間已經過了，而且還是要預約的，看在你們是外國人的份上，我就破例帶你們瞧瞧。」

　　「太好了！謝謝您！」

百味居士離開了柔軟的沙發，帶著他們來到裡屋的一個小木門前。

「現在帶你們去參觀味道倉庫和味道工作坊。」說著，他擰動了金屬門把手，裡面是一個只能容納四個人的老舊電梯。

鏽跡斑駁的鐵皮讓電梯看起來更像是文物，陶雷和高慧不禁擔心會不會因為電梯故障被困在裡面。左手邊長長的兩排按鈕，百味居士略微思忖了一下，在地下二十七上按紅了按鈕。

身後的四根鐵鏈子兩根向上兩根向下開始工作，伴隨著哐啷哐啷的聲響電梯開始急速下降，當上方的羅盤指針定格在二十七的時候，電梯又上下震盪了幾下才停穩。

百味居士手動拉開門，正前方泛著光澤的牆壁被分為兩種顏色，以他們的正對面為界限，左邊是淺藍色，右邊是淺粉色，在貼近界限處淺藍色這邊畫了個大大的鼻子，而淺粉色那邊畫的是大大的舌頭。

「人老了容易糊塗，有的時候我怕我自己弄錯，所以我把聞的氣味都裝進圓的瓶子裡，放在淺藍色的區

域；把嘗的味道都裝進方的瓶子裡，放進淺粉色的區域。倉庫的每一層都是一樣的，左邊是聞的，右邊是嘗的。」

「這是個好主意，弄得清楚。」陶雷想到自己的書櫃、玩具盒總是亂糟糟的，經常找不到想要的東西，是該好好收拾一下，弄個標籤了。

「我們先用用鼻子。」

三人步入了淺藍色的區域，那是望不到頭的一排排貨架，每個架子上用同樣大小的透明圓瓶裝著奇形怪狀的東西，有的瓶子裡是一團白雲，有的瓶子裡是一把黃沙，還有的是帶著氣泡孔的果凍。

「這些是什麼？」

「是味道。」

「味道是看不見的。」

「當然是看得見的。在外面的世界裡是看不到的，只有在我百味居士的家裡才能看見。」

「什麼！味道也能看見？」

「沒錯，不同的味道是根據不同長短、尺寸和形狀打磨出來的，就有不同的大小、造型和顏色，他們本身

是沒有味道的，但是放到其他東西裡就有味道了。你看，為了區分我在下面都貼了標籤。」

仔細看，每個瓶子上都貼了紙條：剛出鍋棉花糖的甜味、冰糖葫蘆的山楂酸甜、剛打開冰凍可口可樂的氣泡甜味、草莓冰淇淋開始融化的甜香等等，整整這一排都是不同的甜味。

「我可以試試嗎？」

「好的，給你試試……」百味居士掃了一陣，拿起一個瓶子，標籤寫著新鮮出爐的雞蛋仔甜香，裡面是一個淺黃色圓球。

擰開瓶子蓋兒，把球倒出來，「來，聞聞。」百味居士把手托到高慧和陶雷鼻子附近。

「什麼味道都沒有。」他們仔細聞了聞。

「是的，誰願意來試試？」

「我！」陶雷舉手。

「拿出你的左手食指。」

「好的。」陶雷乖乖地伸了過去。

百味居士把淺黃圓球按在陶雷手指上，輕輕一壓，圓球迅速融化了進去，馬上一股雞蛋仔的味道傳了出來。

「好香啊！」高慧特意把鼻子湊了過去。

「那當然了，這是我依照雞蛋味、砂糖味、麵粉味、煉乳味為原型加工出來的，做的可麻煩了。」

「好神奇！我也要！」高慧向百味居士撒嬌。

「好，你要什麼的？」

「我要冰凍櫻桃糯米糕的果甜味！」

「哎呀，我給你找找，應該是在第十三個貨架上⋯⋯第五排，找到了！」

瓶子裡裝了一塊長滿紅色倒刺的稀泥，看上去不那麼美觀。

「把手伸過來。」

百味居士拿出味道要融進她的手指上，就在馬上碰到的時候，高慧突然把手縮了回來。

「怎麼了？」

「有⋯有刺，我怕扎。」

「不會的，一點感覺都沒有，不信你問他。」

「真的，什麼感覺都沒有，你別怕。」陶雷幫著解釋。

高慧又小心翼翼地遞了過去，這次沒有躲，先是倒

刺穿過手指，緊接著這攤泥也進去了，手指立時飄出櫻桃糯米糕的甜香。

「太棒了！又甜又香！」高慧忍不住把手指放進嘴裡，卻平淡如水。

「呃……不好吃，沒味的。」

「是啊，你們只是放了聞的氣味，還沒有放嘗的味道呢，肯定不好吃啦，我帶你們去那邊。」

陶雷和高慧帶著興奮一蹦一跳跑到了右邊淺粉色畫著舌頭的區域，又是望不到頭的一排排貨架，看起來是和左邊軸對稱的，只是貨架上的透明瓶子都是方的。

瓶子裡裝的同樣是奇形怪狀的東西，有的像工地蓋房子用的混凝土，有的像煮熟了的一粒粒香米，還有的像鋥光瓦亮地一把鋼針。瓶子前貼了各自的標籤，眼前的就有剛拌好的糖拌西紅柿味、新出鍋的糖醋排骨味、入口即化的檸檬棒棒糖味和從紅豆包裡擠出來的醇紅豆沙味等等。

高慧望著百味居士：「我可以試一個嗎？」

「可以，你們倆一人一個！」

「耶！」兩人都跳了起來。

「我要……要生日蛋糕上寫生日快樂的巧克力醬味。」高慧挑中了一個裝著好像一小塊黑炭的瓶子。

「有品味！這個味道特別難做，產量還少，我都有點不捨得呢。」說完，百味居士倒出來這塊黑炭，拿起高慧散放著櫻桃糯米糕的甜香的手指，重重一砸，黑炭消失了。

「成了，舔一舔。」

高慧把手指放進嘴裡，立刻笑顏逐開：「太好吃了，每次生日蛋糕上就只有那麼一點兒，今天可以吃個夠了！」

「你呢？小伙子。」

「我不要那麼複雜的，就要大竹籠蒸出來的第一撥白糖糕。」

「這個簡單，就比白砂糖的甜味多加工一點兒就能做出來，接著。」百味居士拿出一個裝著白麵團的瓶子，將裡面的味道砸進陶雷的手指上。

陶雷也舔了舔，微微一笑：「是這個味兒。」

百味居士看著他們忽然皺了眉頭：「小朋友吃手指的樣子可一點兒都不好看哇。」

「好吃！真好吃！」

「別吃了！」說著百味居士右手在空中一握拳。

「噫！怎麼不甜了？」

「聞起來也沒味了！」

「被他收起來了！」

「不要嘛！還給我吧！」

「求求你啦！」

「好爺爺，讓我們再吃一會兒好不好？」

「哈哈，我該帶你們參觀味道工作坊了，現在身上這麼重的味道，一會兒就感覺不出來了，所以我要先把他們收起來。」百味居士解釋道。

「好吧，去看工作坊嘍！」

又進了破舊的電梯裡，百味居士按下了地下一層的按鈕。

撐開門後，圓形的大號實驗室亮著白熾燈，牆壁上用顏色劃分出三個區域，左邊和右邊還是淺藍色和淺粉色，中間地帶是淡黃色。

「兩邊的和樓下的都一樣，一邊是聞的，一邊是嘗的，中間的區域是做整合和加工的工作坊。」

　　中間的區域特別凌亂，中心的方桌上擺著鉗子、鑷子、剪子、銼子、刨子、刀子、釘子、錘子、斧子、鋸子、扳子、鏟子、尺子等各種修理工具。地上散落著被切割過的原材料廢屑。桌沿上有一個容量為一升的透明榨汁機。

　　「簡單一些的味道用這些工具根據數據切割打磨就好了，有些複雜的味道是好幾種簡單味道按照完美比例合成在一起，於是我就發明了味道混合機！」百味居士指了指哪個榨汁機。

　　「不管是多少種聞的味道還是嘗的味道，只要不超過一公升，放進去一分鐘就能做好！」百味居士說的可得意了。

　　「那我可以試試嗎？」陶雷問。

　　「可以，我先給你做個示範，你看桌子上有一塊清蒸大閘蟹的肉味和一塊老陳醋的香味，我把它們放進去，一分鐘。」

　　百味居士按下啟動鍵，混合機開始了高速運轉，裡面的味道被甩得飛來飛去，看不清形態。

　　一分鐘很快就到，嘀、嘀、嘀三聲過後自動打開了

蓋子，出現的是一個紅黑相間的圓球。

百味居士從口袋裡掏出了一塊餅乾，將味道融入其中，然後把餅乾從中掰成兩半。

「來試試看。」

陶雷和高慧一手拿著半塊湊近鼻子。

「嗯，好酸的味道。」

「就是醋味！」

「吃下去吧。」百味居士催促道，他一直很期待別人滿意的神色。

「嚼起來還是餅乾一樣脆脆的，但是是螃蟹的味道！」

「新鮮的大閘蟹味，好好吃哦！」高慧臉上浮現了滿足的笑容。

「那能讓我現在放點東西試試嗎？」看到混合機這麼神奇，陶雷好想自己也體驗一下。

「你只可以用桌子上有的廢料，你自己挑吧。」

桌子上有不少透明的小料，陶雷左摸摸，右碰碰，他什麼也不認識，顯得無從下手。

「能和我說說這些都是什麼嗎？」

　　「我剛剛做了一大份的純淨空氣，所以現在桌上有的大多是空氣的輔料，你看這種透明但是常溫的方塊是氮氣味；這幾個透明的泡泡是氧氣味，還有褐色的沙粒是二氧化碳味，白色的紙是綿糖味。」

　　「這樣啊，我先弄點簡單地試試。」陶雷隨手抓了兩塊氮氣味，一個氧氣味氣泡，還有一張綿糖味紙放進混合機裡，蓋上蓋子。

　　「是按這個按鈕嗎？」

　　「是的。」

　　隆隆轟鳴一分鐘後，機器停止工作，百味居士也沒有嘗試過這種搭配，同樣好奇地看著結果。

　　合成的是一個透明圓柱體，陶雷打開蓋子，直接用右手食指抵住圓柱體的一端，頂著混合機的底部，就這樣讓味道吸收到了手指上。

　　「我先來試試。」百味居士其實童心極重，爭著要第一個聞。

　　陶雷乖乖地把手指送過去。

　　百味居士探著頭，眼睛往上翻，緩緩地做吸氣動作，他的胸腔明顯擴大了好多，一個呼氣過後還嫌不

夠，又深深地品了一次，嘴角浮現笑紋，看起來味道不錯。

「怎麼樣？」高慧覺得空氣的下腳料味道應該很淡，就沒有興趣去體驗，只是想從百味居士哪裡得到答案。

「哈哈！」

「很好聞？」陶雷想先聽完專家的點評，自己再聞。

「哈哈哈哈哈哈哈哈哈！」

「是什麼味的？」高慧看不懂了。

「哈哈哈哈哈哈哈哈哈哈哈哈哈哈哈哈哈！」百味居士笑的前仰後合，完全不能自控了！

「我說……您怎麼了？」陶雷試圖扶住百味居士。

「我…哈哈哈哈哈哈哈哈哈。」他很想和陶雷說話但是止不住的笑聲讓他說不出一句完整的話。

陶雷和高慧一左一右想按住他，但是小孩子的力氣不夠，百味居士一邊笑一邊自然晃動就把他們給推開了。

「一定是新造出來的味道有問題！」

「應該是，他聞之後就這樣了，我試一下。」陶雷

也想聞自己的手指。

「不行！快停下！」高慧一把拉住他的手。

「你要是也笑成他哪個樣子可怎麼辦？」

「就小小的一下？」

「一下都不行。」

「那我們怎麼辦？」

「我們去問格子童子。」

「好，就這麼著。」

他們坐上了去一樓的電梯，空留百味居士一個人在屋子裡哈哈大笑。

「格子童子！格子童子！」

「你的主人笑的停不下來了，你快去看看！」

他們找遍了兩層樓，喊了一圈也沒有發現格子童子的蹤影。

其實格子童子一聽到他們叫他就躲起來了，聽說主人出事了藏得更隱密，嚇得根本不敢喘氣。

「怎麼辦？」

「怎麼辦？」

「回去看看他好了沒有。」

「好的。」

於是，他們又下到地下一層，看到百味居士在工作坊裡一邊轉著圈跳舞一邊放聲大笑，左邊的貨架被他撞倒了一排，破碎瓶子的玻璃碎片和形狀不一的味道散落一地。

「怎麼辦？」

「怎麼辦？」

「咱們倆解決不了的，回奇異自助餐廳找人幫忙吧。」

「好主意，快走。」

從閣樓間隙仰望天空，幾縷彩雲飄動，繁星低垂，青幽幽的細月明朗晶瑩，一覽無余。

陶雷方向感極強，在夜路中左拐右轉，很快便回到了奇異自助餐廳。

夜間無事，剛才在此吃飯的人大多沒走，殘羹冷炙與刀叉餐盤都已經撤下了，換上了一隻隻水煙。人們用肺葉將點燃的煙草加工成縷縷氤氳，從鼻孔中噴射而出，室內在煙靄中如真似幻，但不論煙草上寫的是草莓還是菠蘿、檸檬，空氣中依舊平淡如水。

　　「百味居士出事了！」高慧嗓子尖，先喊了出來，百無聊賴的眾人突然來了精神。

　　「他怎麼了？」

　　「我們去他的工作坊參觀，我隨便放了幾樣材料在他的味道混合機裡，結果合成的味道他聞了兩下就開始笑個不停，到現在都止不住呢，你們快去看看他吧。」

　　「你們做出了什麼味道？」

　　「就是我手指上的味道，他聞了就開始笑。」陶雷說完舉起他的右手食指。

　　「味道！」

　　「他的手指上有味道！」

　　所有人都站起來了，「你把味道帶出來了？」

　　「是的，他笑的根本就沒辦法用能力收走。」

　　「讓我聞聞！」

　　自助餐廳沸騰了！大家衝過來要體驗久違的味道！

　　「不要啊！他聞了就出事了，你們千萬別過來啊！」陶雷想讓他們停下來，但是三年多沒有滋味的生活，大家完全聽不見他說什麼，陶雷只好把手放下，藏在背後，迅速後退想貼在牆上。

　　可是根本於事無補。離著最近的黑袍服務員只用一隻手就掰開了他的手掌，在食指上狠命吸了一口氣。

　　「有點甜！」

　　「起來，讓我也嘗嘗。」後面的人把他推開，他卻還攥著陶雷的手指不想放開。

　　「啊！」高慧被混亂的場面驚呆了，嚇得直叫。

　　「哈哈哈！」

　　「哈哈哈哈哈哈哈哈哈！」

　　黑袍服務員的手鬆開了，捂著肚子開始大笑。

　　人們這才恢復了一點理智，前面的人張開雙手讓大家停下，「等一等，發生了什麼？」

　　「哈哈哈哈哈哈哈哈哈哈哈哈哈哈哈哈！」黑袍服務員前仰後合地完全不能自控。

　　「他是怎麼搞的？」大家把他們包圍在牆邊，看著他什麼時候停。

　　「這下你們相信了吧，百味居士也是一模一樣，快把他送進醫院吧！」高慧向大家尖叫。

　　大家七手八腳把黑袍服務員按在地上，拿了一副擔架，再用皮帶把他綁起來，送到了旁邊的診所。

　　「快去百味居士那裡！」四個年輕一點兒的又拿了副擔架和高慧陶雷一起跑向百味塔。

　　這時候，再沒人要聞陶雷的手指了。

　　來到百味塔，大門敞開，在一層就能聽見百味居士的放聲大笑。

　　下了地下一層，只見格子童子在地上放了一個大大的枕頭，再用力地把百味居士按在地上，防止他亂動傷到自己。格子童子滿頭大汗，可見已經按了很久，消耗極大的體力，但是他死也不肯撒手。

　　「小格子，起來，讓我們送居士去醫院。」後面的年輕人大喊。

　　見到救星來了，格子童子才站起來，透明的身體如同被雨洗過一般，雙手不住的顫抖。

　　就像對付黑袍服務生一樣，他們把百味居士捆在擔架上抬去了醫院，格子童子看著他們離開的背影一頭栽在枕頭上再也使不出半點氣力。

　　小診所裡燈火通明，大家都圍著黑袍服務員，他已經恢復正常了，正在講述著剛才體會到的一切。

　　當百味居士的擔架送過來，給他注射的針已經準備

好了，因為在黑袍服務員身上已經檢查出問題的原因，只是加大劑量給他打針就行。

　　一針下去，百味居士靜了下來，似乎昏睡了兩三分鐘，突然打個冷顫，翻身坐起來。

　　「笑死我了！臭小子，你調出的是什麼啊？」他總算恢復常態了。

　　「我也不知道啊，就是您桌子上的下腳料亂放的。」陶雷很無辜。

　　「我記得你放了有兩塊氮氣味……」

　　「一個氧氣泡。」

　　「還有一張綿糖紙。」高慧也跟著補充。

　　「恩，就是這些，我記住了，下次我要好好研究研究這是什麼味道，聞一下就笑的停不下來，以後誰不開心就給他聞一下，保證笑彎腰，這種味道的名字就叫做……」居士抬起頭琢磨著新名字。

　　「叫『笑氣』好不好？」陶雷有了靈感。

　　「好主意，就叫它笑氣！」百味居士很滿意。

　　「剛才您是不是說誰不開心就給他聞一下？」高慧追問。

「是啊，怎麼了？」

「這裡就有人不開心，我們在這裡見到了很多不開心的人。」

「在哪呢？誰不開心了？」

「就是把你抬到醫院，還幫你看病的這些人都不開心！」

「他們為什麼不開心了？」

「他們已經三年多沒有聞到沒有嘗到味道了，你知道他們的生活有多平淡嗎？他們為什麼會變成這個樣子呢？」

百味居士環顧四周，確實每個人都是一副鬱鬱寡歡的面容。

「因為……」

「因為什麼？」兩個小朋友步步緊逼。

「因為他們不喜歡很多味道，比如……他們不喜歡蔬菜味。」百味居士說話的聲音特別小。

「就是因為你！就是因為你的小氣。小氣鬼，哼！」高慧掩飾不住自己的憤怒。

「但是他們還是願意在你最需要幫助的時候出手援

助，好居士，就把味道還給大家吧！謝謝你啦！」陶雷帶頭為大家求情。

「是啊，求求您了，就把味道送一點兒給我們吧！」

「送一點兒給我們吧！」大家此起彼落地哀求他。

這三年裡大家打電話、寫信、大聲喊話向他要味道好多次了，起初倔脾氣的百味居士還沒有消氣，堅決不同意，後來時間久了，也沒那麼在意了，但是無緣無故地還給大家又有點沒面子，就一直拖著，今天剛好欠了一個大人情，就想順水推舟把這事解決。

「主人！就答應他們吧，我把味道都帶來了！」不知什麼時候格子童子趕到了，還把自己的格子里裝了滿滿地味道，在診所門口藏著整個身子，只是露出頭來詢問，他怕主人要是不同意就趕緊跑走。

「看在今天兩位小朋友的份上，我把味道還給你們！」還是倔脾氣，到現在都不想說感謝大家的話，就只好把功勞算在陶雷和高慧的頭上。

人群中爆發出鞭炮轟鳴般的歡呼聲。

「太好了！」

「終於等到了！」

「謝謝您！」

「以後吃什麼味道的東西我們都喜歡！」

「格子，過來。」百味居士點手叫童子離近些。

格子童子露出整個身子跑了近前，他知道要開始工作了，上一次開工是很久之前。

如變戲法般，百味居士快速地拉開抽屜，從中準確地找到適當的味道，或按、或彈、或壓、或擠、或揉、或捏、或扔，讓小診所裡充滿了應該有的氣息。

「殺菌用的消毒水味道、一次性手套的塑膠味道、熬了十二小時的苦藥味道、傷口化膿的腐爛味道、嘔吐過後帶著胃酸的味道、紗布帶著醫用酒精的味道……」每一次出手都伴隨出一陣熱烈的歡呼聲。

沒多久，小診所在時隔三年之後終於有了藥味。

聽著大家的讚美和感嘆，百味居士心中暗暗得意，但還是表現得若無其事，拉著格子童子出了診所。

誰都不願意錯過這種歷史性的時刻，大家跟著他在無味谷繞了一大圈，家家戶戶的人聽到外面的動靜也都出門參與，就像是個集會遊行，人愈聚愈多。所到之處

樹葉有了清香，花兒有了芬芳。

　　最後來到的是城市正中央的奇異自助餐廳，幾乎無味谷的所有人都聚集在了這裡，他們知道再過一會兒，倦怠已久的味蕾又能開始工作了！

　　「我已經吃得很飽了，但是今天即使撐破肚皮也要再吃一頓！」

　　「一想到那些作料的口味，我的口水都要滴下來了。」

　　「我兒子今年兩歲了，他終於能吃到有味道的東西了。」大家都迫不及待。

　　餐廳裡太小了，根本裝不下這麼多人，黑袍服務員靈機一動，把所有的食材、作料和兩個超級大烤爐都拿到了餐廳外的廣場上，點紅了黝黑的木炭。

　　晚風一吹，炭火發出燃燒的聲音，浮起濃煙。

　　第一輪，烤的是牛肉和羊肉，在高溫的熏騰下，肥肉被榨出的油汁滴在木炭上滋滋作響，火焰遇到肉油燒得更旺了，肉香隨著濃煙滾滾而來，大家都伸長了脖子。

　　百味居士也沒閒著，在旁邊的自助調味品桌上給每

一種作料加上正確的味道。

「蜂蜜味、孜然味、辣椒味、花椒味、甜麵醬味、海鮮味、蒜蓉味、小茴香味、番茄醬味、黃芥末味、沙拉醬味，差不多夠了。」

肉片微微發黃，熟了。大家排隊領取第一輪美食，在調味品桌上撒足了作料，彷彿這樣才能彌補這些年的缺失。

當大家都圍著燒烤爐歡慶之時，只有一個人躲到了老遠的角落。

那就是高慧，因為這次羊肉的膻味真的出來了。

陶雷吃了一塊刷了甜麵醬又撒了孜然和辣椒粉的牛肉，擦乾淨嘴巴之後坐到高慧旁邊去陪她。

兩個人靜靜地看著大家享受美食的歡樂模樣。

一個灰袍的身影朝他們走了過來，是百味居士。

「謝謝您。」他倆同時道謝。

「謝謝你們。」居士在他倆身旁坐下。

「這樣的場面好久不見了，你們是今天的大導演。」

「您就是今天最棒的演員！」

之後……

又有了烤蔬菜、烤玉米、烤麵包、烤棉花糖。

又有了果汁、可樂、啤酒、紅酒。

又有了圍著炭火跳舞。

又有了歌聲。

再也沒有了無味谷，從那一夜過後。

失望沼澤

　　晨陽蒸乾了菖蒲上的露珠，雄性知了拍打著近似透明的蟬翼發出專屬夏天的銳利聲音，刺穿了試圖遮蔽陽光地幾朵淡雲。

　　人們橫七豎八地躺在奇異自助餐廳前的空地上，鼾聲已淺。

　　偶爾發出喉嚨滑動的吞咽動作，想來在睡夢中還在延續著昨夜的燒烤舞會。

　　大家只記得狂歡的開始，卻沒有人記得住舞會什麼時候結束。歌聲沒有斷，舞蹈沒有停，直到最後一個人也倒頭睡下。

　　第一個醒來的是陶磊，他手搭涼棚來抵禦眼睛還沒適應的刺眼陽光，四下望去，木炭已然全白，在微風吹拂下卷出陣陣雪花，食物區不出所料空空蕩蕩，大家的睡相自然而甜美。

　　他打了個呵欠，夏天睡在石磚上涼爽有餘，柔軟不

足，被硌得腰酸背痛。他輕聲喚著旁邊的高慧：「醒醒，起床了，咱們該趕路了！」

高慧聽到後翻了個身，左手正好打在百味居士的頭上，百味居士顫了一下、踢了一腳，剛好踢到格子童子的腰上，格子童子被踢得往前一探身撞在了黑袍服務員的背上，黑袍服務員頭往前一頂碰到了白袍服務員的大腿上，就這樣一個碰一個，像多米諾骨牌般大家都被弄醒了，眾人揉揉眼睛，回味著昨晚發生的事情，似乎還不敢相信這是真的。

「我們要走了，再見啦！」高慧向大家告別。

「不要走，真的很感謝你們，請在百味谷小住幾天吧。」

「就是啊，讓我們好好款待一下你們，表達對你們的謝意。」

「留下來幾天吧，你們還沒見識我真正的手藝呢，保證讓你們終身難忘。」百味居士也邀請他們多留幾天。

「您們的好意我們心領了，但是我們要趕路啊，我們越快到達數學國，就能越快回家，以後有機會再來百味谷探望大家！」

　　「這樣啊，那就不強求你們了，但是請帶上這些再出發。」

　　黑袍服務員拿了一個大盒子說：「這是兩個人一天的乾糧和水，請把它收下路上用吧。」

　　「謝謝你！」

　　百味居士從懷裡掏出一個小瓶子說：「送給你們一份小禮物，是我從酸、甜、苦、辣、鹹五種基礎味道提煉其精華得到的『五味瓶』，說明我寫在瓶子上了，把它收下吧，以後可能會用得上。」

　　「好，謝謝您！」說著，陶磊把小瓶子掛在了胸前。

　　「要小心一點兒，千萬別打翻了它。」

　　「知道了！」

　　「還有，你們是要去數學國嗎？」

　　「對，是漢字國的一國王叫我們去數學國的。」

　　「哦，兩個超級大國之間的事情我們可不清楚，不過我們這裡有一條近路可以到數學國，走得順利的話能比走大路快兩天，你們要不要試試？」

　　「太好了，那當然要走近路啊。」

　　「但是那條路很難走，可能會有麻煩。」

「沒問題！我們一定行的！」

「好的，跟我來。」

百味居士帶著他們又回到了百味塔這邊，在塔的旁邊一塊大石頭上敲了三下，踢了三下，用頭撞了三下，最後用肚子頂了三下，石頭從中間裂開了一個縫，剛好夠一個人通過。

「就是這裡，順著小路一直走就能到數學國，但是這條路每一天都是不一樣的，誰也說不好今天會有什麼麻煩在等著你們，祝你們好運！」

「謝謝啦！再見！」高慧和陶磊朝著身後送別的人群揮了揮手，鑽了進去。

兩人通過之後石頭自然闔上了，送別的聲浪也就此戛然而止。

來到百味谷外，可不是什麼世外桃源。夾雜著植物腐爛氣息的空氣撲面而來，明明是盛夏時分，枝上的樹葉本應翠綠如翡，卻一個個焦黃縮萎，彷彿秋末冬初，失了水分。這般殘敗的黃葉淨是多如牛毛，密密麻麻層層疊疊，把枝頭壓得低垂下去，日光僅能照進絲毫，樹林中深邃昏暗。地上鋪滿了殘枝敗葉，落花卒蟲，一路

走過腳下咯吱咯吱的。

高慧的眉宇間露出疑惑的神色，樹林裡陰森森的，還會有百味居士所說不期而至的麻煩，不由地懷疑選擇抄近路是否正確。

「往前走吧，別想那麼多了，咱們馬上就要到數學國了。」陶雷想來個望梅止渴。

「好吧，快點走。」

兩人快步疾奔，想以最快的速度衝出樹林，由於枯葉完全遮住了陽光，他們也不知道自己走了多久，走了多遠。只是憑藉著肚子的叫聲判斷出差不多中午了，然後享用了奇異自助餐廳的外賣套餐。

在估算出氣溫最熱的一個小時裡小憩了一會兒，馬上開始了下午的旅程。

偶爾兩旁路上竄出來蜥蜴、壁虎還有小蛇，跺跺腳就被嚇跑了，但也讓他們提高了警惕。

繁茂的枯葉遮住了陽光，也擋住了清風，悶在酷熱的樹林裡這麼久，陶雷和高慧早都渾身濕透了，腳步也慢了下來。

「我的腳軟了。」高慧乾脆停了下來。

「那就休息一下。」

過了五分鐘重新開始征途。

「不對，我的腳還是軟的，今天走得太辛苦了。」

「我的腳也是軟的，但是我不覺得有多累。」

「是嗎？那就再走一會兒吧。」

「嗯，辛苦你了。」

「不好了，愈走腳軟得愈厲害。」

「等等，我再感覺感覺……我知道了！地是軟的！」

「我看看！」

高慧用腳掃開了地上的殘枝敗葉，下面的泥土真的是柔軟的，用腳尖沾地的話都可以陷下去了。

「我們已經回不去了，繼續往前走吧，過了這裡就會好起來的。」陶雷在給她打氣。

「嗯！」

他們深一腳淺一腳地繼續前行，可是情況沒有像陶雷期待的好起來，大地變得愈發的鬆弛，能踩到的實物愈來愈少，每走一步都要趟出不少泥土，後來每一步都要整個腳沒進泥中，抽拔中耗費了更大的力量。

「我們有麻煩了。」

「你看那棵樹上有個牌子。」

「過去看看。」

「好！」

當他們來到牌子前，泥濘已經沒到膝蓋了。

「失望沼澤。」

「請好自為之。」

牌子後面的大地上再也沒有樹葉和枯枝了，連小動物也都不見蹤影，只有一片暗灰色的沼澤。

「好噁心啊！我不想走！」

「忍一忍吧，我們很快就能過去了。」

「好吧。」高慧先邁出了第一步。

沼澤到了腰的位置，黏黏糊糊的，每往前走一步都要遇到很大的阻力，現在可謂是步履維艱。

沼澤有一種神奇的力量。

它吸走了他們身上流淌的汗，吸走了他們散發出來的熱量，讓兩人覺得沒有剛才那麼熱了。

它還吸走了他們身上的鬥志，吸走了他們積極的心態。

路愈走愈遠，心情愈來愈低沉，頭不再朝向遠方。

整整一百步過後，兩人體內的積極能量被吸光了，軀體中只剩下滿滿的消極能量。

「我們為什麼要往前走呢？」陶雷問。

「因為要去數學國。」高慧沒什麼好氣，回答得很敷衍。

「為什麼要去數學國？」

「因為要回家。」

「為什麼要回家？回家就要面對升學考試，我平時最喜歡磨蹭，最喜歡耽誤時間了，我最不擅長學習，我還有好多東西都不會啊，參加考試我一定考不好，我一定不能上中學，我只會讓爸爸媽媽不開心，只會讓他們唉聲嘆氣，我真是個廢物啊！我這種人還有什麼理由回家？」

「你說的對啊，我也差不多的，學了那麼多年的中文還有好多詞聽不懂，天天訓練口音還是不正，聲調也搞不清楚，經常鬧笑話，我就是一個笑話，我還要去臺灣做什麼？被更多的人嘲笑嗎？還是什麼都沒有做成的回波斯？」

「我的存在就是浪費家裡的糧食，浪費資源，我不能為大家做出任何貢獻，連小貓小狗都能惹人高興，我還經常和父母亂發脾氣，我還要回家做什麼？不如就這樣死在沼澤裡。」

「我還夢想過要成為波斯最好的雙語歌唱家，這怎麼可能呢？做夢都不會有這好景啊！這根本就不是夢想，而是幻想！我還敢有這樣自欺欺人的想法真是恥辱啊，就讓我死了算了。」

陶雷沒有再邁步，而是用上半身撲在了沼澤上，聽任自己的身體慢慢浸沒在灰色的黑暗中。

高慧也學著他的樣子把身體放在沼澤上，臉上沾染了灰。

「我就是一個不知天高地厚的傢伙，妄自尊大、不切實際、臆想、傻瓜、笨蛋。」高慧嘴裡不住念叨著。

「笨蛋……笨蛋……笨蛋……笨蛋也可以有自己必須堅持的理想啊！」

她猛地一抬頭，心中突然又燃起來一股新的力量。回頭望去，還可以看見貼著牌子的沼澤界限，向前眺望，看不到盡頭。

腿上的失望沼澤似乎感受到了這股新的精神，被燃燒般發出蒸騰地泡沫，馬上又開始緊貼著肌膚紋理，想要吸走這股體內的積極能量。

積極能量瞬間少了一半，高慧意識到腳下的失望力量變強大了，趕緊鼓勵自己重新燃起鬥志來提起精神。

她扭頭看看一路同行的陶雷，他有半個鼻子已經進了沼澤，急忙騰出左手抓住他的頭髮把他拎了出來。

「醒醒！打起精神來，往前走！」尖銳的喊叫，不但刺激了陶雷更是振奮了她自己。

陶雷被抓住頭，甩乾了臉上的沼澤。

當把陶雷握在手中之後高慧不但沒有覺得被拖累，反而心中更加的強大。不斷地默唸著：「我要走出去，我要帶著他走出去。」

嘟囔著，高慧又邁出了一步。這才是第一步，重新開始的一步。她的腳再次移動，一隻，另一隻，陶雷跟在後面一步，另一步。

她低頭就能看見身邊的沼澤欲燃燒狀，抬腿時看到泥漿已經和小腿混在一起，好似兩根埋在地底下的胡蘿蔔。

每當腳步落下，抑鬱地心情又重新湧上胸膛，她不得不迫使自己再次抬腿催生出新的力量。

蹣跚著，高慧又邁出了一步。感覺好像是在陷落，而不是在走路。踩不到底地陷落，永遠碰不到實地，永遠看不到盡頭。

「我走不出去了，找不到走出去的意義，我又乏又累，想停下來，就這樣鑽進去，和泥沼融為一體……」

但是她清楚，如果停下來，她們就要死了，這就是失望沼澤的魔力，吸乾你所有積極的心態、頑強的精神、對希望的渴望、對生活的嚮往。難怪百味居士說近路有風險，一定有人踏足之後再也沒有從失望中走出來過。

「我必須再堅韌一些，何況我還要把我的伙伴帶走。」

踉蹌著，高慧又邁出了一步。如果不是兩旁樹木在倒退，她根本不覺得自己在前進。可見範圍的天空還是被枯枝殘葉所遮蔽，看不到蔚藍的跡象，她盡力呼吸著不太乾淨的空氣，每吸一口，就拖著陶雷在沼澤中又多跨一步。

　　她想到了她的家人，在不知道有多遠的地方，從小就給她報了數學班、舞蹈班、聲樂班和中文班，由於自小就展示出全方面的天賦，她很小就被爸爸媽媽賦予極高的期望，她想如果他們來到這裡一定能大踏步走出去，因為父母對她永遠都不會失望。

　　她想到了她的朋友，坐飛機一起去臺灣的還有九個小朋友，都是她平日一起學習一起遊戲的好伙伴，她們曾經說過長大以後也不要忘記這個團體。飛機出了事故，他們幾個生死未卜，我可能是唯一一個有機會活著來到臺灣的，想著出發時的歡愉，也一定要走到臺灣去看一看，帶上他們的那一份期待。

　　她想到了漢字國，一天的遊歷終生難忘，門衛大哥最後的邀約，還有那麼多沒有機會見識的地方，如果有機會，一定要再去一次。

　　鏗鏘著，高慧又邁出了一步。雖然看不到出口，但是目中已不再拘泥於眼前的泥淖，胸口挺得筆直，彷彿再大的的外力也不能將她拉倒。

　　腳下的沼澤感受到了一股強大的力量，被衝擊地向兩邊退散而去，卻又不捨得再次爬了過來，試圖淹沒他

們。高慧不為所動，大踏步向前，再一次甩開泥濘。

　　幾番對抗之後，沼澤消失了，裸露出平實地地面。陶雷和高慧疑惑地感受著大地的真實，身上和腿上殘留的褐色泥沼顯示著剛才的經歷並非虛幻。

　　腳下的大地雖然堅實卻並不平整，肉眼可見的土壤中摻雜出腐爛褪色的帽子和昏黃腐朽的白骨。

　　陶雷恢復了精神，被一個比自己小的女孩子救出來，自己覺得很是羞赧，猶豫了幾下還是主動開口道：「你剛才真的很勇敢，我都放棄前進的力氣了，就覺得走出去也沒有什麼希望，不如被埋在這裡算了。結果硬生生被你拉了出來，現在發現世界還是很美好的，有很多有趣的事情等著我們去體驗，黑暗只是其中的一部分，不能讓他奪走我們全部的希望，這次真的謝謝你！」

　　「不用客氣了，咱們倆一路上是一直互相幫助的呀，我走了一會兒也覺得生活沒有希望，但是突然想到了爸爸媽媽，想到了我的朋友，想到了身邊的你，就一下子又來了精神，一定要走出去，嘻嘻。哎，你看地上為什麼有骨頭啊，有人在這吃燒烤嗎？」高慧說話的樣

子特像一個大英雄。

「我看不是吧，好大的骨頭啊，旁邊怎麼還有帽子、衣服、褲子……哦，我知道了，是有的人被陷在失望沼澤裡再也沒有走出來，就……就死在這裡了，失去勇氣真的好可怕啊！」

「啊！是屍體，好噁心啊！」高慧驚聲尖叫出來，失望沼澤都沒有讓她氣餒，屍骨卻把她嚇得動都不敢動，一把抓住陶雷的衣服，閉上眼睛什麼也不敢看。

陶雷剛從抑鬱地情緒中走出來，現在心中充滿了陽光，一點兒也不怕地上的白骨。這次換他抓住高慧，大步往前狂奔了起來。高慧還是不敢睜開眼，就這樣跟著陶雷深一腳淺一腳疾行，心中默念著快點走出這裡。

頭頂上開始出現綠色，枯葉煥發了新生，木葉的清香佔據了整個林間，奔跑時的呼吸都暢快了許多。

陶雷抽空回了下頭，身後一如前方，繁茂無垠的各種樹木密密匝匝，嫩綠的枝葉遮天蔽日，不見盡頭。他還想再看一眼被高慧征服的失望沼澤，卻大吃一驚，本應該腐朽敗壞地一大片泥沼居然全然不見蹤影，地上篤實完整一直延續到自己腳下。

　　正當他疑惑之際，高慧察覺到他跑步的姿勢有異，估計到他在回望，關心的提醒他：「看著點兒前面的路，小心別撞在樹上。」

　　「嗯，好的。」陶雷嘴裡雖然答應著，但是眼睛還是向後方四下張望，試圖通過失望沼澤來判定一下方向。

　　他知道，他跑在一條主路上，只要不偏離軌道就不會有問題。

　　一步，兩步，三步。

　　噗通！哎呀！

　　只覺得腳下一軟，陶雷一腳蹬了個空，踩到液體之中，身體跟著不斷地墜落。

　　壞了，路面上暗藏水窪。陶雷暗叫不好，這讓他不得不轉過頭來。

　　可是為時已晚。身體帶著高慧咻溜一下滑進了水裡。

　　不知道水窪有多深，反正他是沒有踩到底，在入水的瞬間他沒來得及閉嘴，因此喝了一大口水，嗆得他直咳嗽，趕緊雙腿拼命踩水讓自己浮上來。

　　高慧入水之後，也鬆開了拽著陶雷衣服的手，被水

面打的睜開了眼睛，鼓起腮幫子兩手使勁划，迫切地要上去換一口氣。

　　手忙腳亂了一陣過後，兩個小朋友都露出頭，腳下不斷地踩水來保持平衡，咳嗽了好一會兒才恢復呼吸順暢，用手擦抹掉臉上的水漬，面面相覷。

　　「我們到哪了？你怎麼不看路啊？差點淹死我。」高慧有點責難的口氣。

　　「我……我也不知道。」陶雷囁嚅著，游了個三百六十度環顧四周。

　　「天啊！這是怎麼回事！」旁邊都是碧藍的海水，一直連到蔚藍的天空，哪裡還有樹林的影子。

　　「樹林不見了！我們突然就掉到水裡啦！不信你看，周圍一棵樹也沒有。」陶雷辯解道。

　　高慧發現身邊的背景完全換了樣，幸運的是腳下沒有死人的骨頭了，就這一點她還有點高興。

　　「我們該怎麼辦？」

　　「游到岸上。」

　　「岸在哪？」

　　「看不到。」

「那該怎麼辦？」

「就往數學國的方向游吧。」

「也只能這樣了，那數學國在哪邊？」

「數學國在漢字國的東邊，我們走了這麼久，現在一定是下午了，太陽在西邊，我們向太陽的反方向游就行了。」

「有道理。」

抬頭仰望，暮雲低垂，在殘陽照映下爍金似火。暮雲乘著晚風，向東方勻速飄浮，形狀在不知不覺中悄然變換，似是忍受了陽曜成日的焦灼，終可逃離苦海，興奮地舞動起腰肢。

陶雷又反覆確定了太陽的方位，說：「咱們追著眼前的雲彩游，就可以到了。」

這時他慶幸起六年級的時候，學校有游泳課，因而學成了蛙式和自由式兩種泳姿，本來只想夏天去玩耍涼快，現在真成了挽救生命的技能。高慧生長在沙漠地帶，對海洋有著強烈的憧憬和嚮往，很小的時候就學會了游泳，所以現在身處海中也不在話下。

於是，海水中多了兩隻小青蛙。

　　換氣時，看到朵朵雲團不斷地從身後超越自己，其顏色從燦金柔至緋紅，再暗到昏黃，最後只剩下厚厚地的灰色。後來的雲團三倆個逐漸湊在了一起，再積小成大，在天空中形成幾朵大的烏雲。

　　幾條刺目地閃電過後，咔嚓一聲巨響，烏雲被觸發，嘩啦啦下起陣雨。大海感受到了來自天上的訊息，也衝動起來，翻湧出層層浪濤，相互排擠，來回卷掃。幾個波濤之後，陶雷和高慧就被這股大自然的力量所沖散，時而頂至浪尖上空，時而陷入深淵之內，眼前一片模糊，分辨不出東南西北。

　　他們的腦子裡一片空白，無論如何掙扎都起不到任何作用，只能隨波逐流，像坐遊樂場裡的過山車一樣翻來滾去，只不過遊戲的刺激程度比過山車可大多了，讓兩顆小心臟一直緊緊揪著。

不用說話

　　當高慧的身體不再像魚兒般躍動時，陶雷離著她並不太遠。

　　身下的大地不但粗糙似砂紙，還坑坑窪窪高低不平，但是她已經很滿意了，至少它沒有在動。

　　幾隻寄居蟹在身旁竄來竄去，時而還要撞上她的大腿，沙粒被劃得嘩嘩作響。她絲毫不在意小動物的騷擾，因為剛才在海中失去平衡的眩暈還沒有完全消除，心跳每分鐘至少有一百下。

　　遠處的海浪一波方止，另一波又至，但是從聲音判斷，力道已經小了很多。他們是被最大的浪潮打上沙灘的，之後就再也沒有被海水沾染過。

　　她不想站起來。半天的叢林徒步，驚險的沼澤遇險，刺激的海上奔波讓她精疲力盡，帶著鹹腥氣息的海風又像父親的手掌撫摸了她的臉，闔上了她的眼。

　　再一次睜開眼天空已經全黑了，滿天的星斗明亮耀

眼。呼吸和心跳都平穩了，頭還有些眩暈，但是沒有什麼大礙。陶雷蹲在她身邊，關切的望著她。

「醒醒了，你還好嗎？」

高慧活動活動四肢，拉住陶雷的手借力坐起來。

「我很累，一動都不想動。」

「我也很累，而且還很餓。咱們不能一直躺在沙灘上啊，去附近看看有沒有人，找點吃的東西。」

「唉……我的肚子也開始叫了，我們走吧。」高慧站起身，陶雷幫她揮去黏在身上的沙子，但是衣服是濕的，還是有很多沙粒貼在衣服上。

「真難受，衣服溼答答的，還有點兒冷。我好想現在找到一個快活樓那樣的酒店洗個熱水澡，換上乾淨的衣服，再吃一頓飽飯，然後倒頭睡大覺。」

「我也一樣，又睏又餓又濕又冷，為了能今天晚上過得舒服一些，我們快出發吧！」

「好吧，往哪邊走？」

「我看看，我們背著海的方向就對了。一直往前走說不定能碰到漁民呢。」陶雷這樣說一是給高慧，二是給自己打氣，因為他真的很累了。

　　沙灘在夜光下泛著銀色亮光，宛如欲擺放群星的絲綢，兩邊無限延伸，不見盡頭。

　　銀色絲綢雖長，卻並不寬闊，兩個小朋友很快便走出了沙帶，腳下出現了碎石和雜草，橫穿一片荒地之後，雜草中出現一條小徑，是那種被人為走出來的小徑，這讓他們欣喜若狂，意味著順著路走就能找到人家。

　　果不其然，小路愈發得寬廣，前方出現了火把的光芒。

　　光芒在移動，火把晃晃悠悠愈來愈大。

　　「我們被發現了。」陶雷小聲嘀咕。

　　「太好了，有救了！」

　　「你好！我們在這裡！」他們揚起雙手，朝著火光吶喊。

　　火把聽到呼喊，也加快了腳步。

　　高慧已經想好了要說的話：我們是被海浪衝上沙灘的，我們不知道這是什麼地方，如果方便的話，請您給我們一些吃的，再收留我們住一宿，謝謝！十分感謝！萬分感謝！千恩萬謝！她把學過的所有表示感謝的話都準備好了。

　　到了五米之內，雙方都停住了，在火光下能看清楚彼此的面容。

　　高慧卻一個字都說不出來了，顫動著臉頰想轉身跑回大海，卻沒有拔腿的勇氣。

　　陶雷也不知所措，只是站在原地一動不動。

　　再看舉著火把的那個人，修長的眉毛，一對大眼睛炯炯有神，水蔥似的鼻子，兩隻元寶一樣的耳朵，透著儁雅的書生氣質。

　　如此四官端正，面帶和善的人為什麼讓陶雷和高慧嚇得不敢動呢？

　　對了，這就是原因。上面沒有寫錯，他「四」官端正。

　　在鼻子下面是平整的臉部，本應該是嘴巴的位置空空蕩蕩什麼也沒有。

　　他眼神中流露出歉意，衝著他們點了下頭，然後背過身去，從口袋中翻出一樣東西按在了臉上。

　　再次回頭，鼻子底下多了一張紅潤的薄嘴唇。

　　「不好意思，嚇到你們了。」那張嘴還可以說話！

　　「對……對不起，我們走錯了，我們要回家了，再

見。」雖然那個人臉上正常了，高慧還是被剛才沒有嘴巴的驚悚面孔所震撼，想跑得愈遠愈好。

「你們沒有走錯，因為你們根本不知道對的路在哪裡，你們在這裡也沒有家。」那個人一針見血拆穿了她的謊話，這讓她們更是覺得不自在。

然後他盯著陶雷看了一會兒，說：「別害怕，你們想要的是洗澡的熱水、乾淨的衣服、美味的晚餐和舒適的床，我可以提供給你們。」

他簡直是我們肚子裡的蛔蟲！陶雷和高慧四目相望，驚訝之情溢於言表。

「不用害怕，你們先和我過來吧，一會兒我來給你們解釋為什麼我會知道你們想的是什麼。你們可以叫我阿信，前面就是我們的村莊，村子裡的人大部分都是沒有嘴巴的，請不要見怪。」說完他又盯著兩個人。

兩個小朋友心裡忐忑不安，「要不要和他走？」當著他的面又不好商量，只能各自默默盤算。陶雷想反正四周都沒有人煙，不如和他走好了，高慧還是有點害怕，她看陶雷還蠻冷靜的，也就安穩了起來，覺得既來之則安之。

　　當她放下心的時候，阿信說了句：「看路。」，轉過身便開始帶路，彷彿他知道兩個小朋友一定會跟上來。

　　他們也好奇，明明還沒有開口應答，阿信就那麼自信的開始領路，就像知道他們一定會跟上來似的。

　　阿信走得不快，也沒有刻意等他們同行，總是和他們保持著三米的距離。

　　五百米過後，腳旁的雜草和碎石逐漸消失了，中央浮現出水泥砌成的大路，眼前能見到更多的火光與燈光，比天上的星光還要誘人，因為這證明村子就要到了。

　　村口處立了幾根桿子，上面晾著撲魚用的漁網，幾個村民坐在小木椅上搧扇子乘涼，陶雷他們偷偷打量，每一個人的鼻子底下都沒有嘴巴。

　　阿信放慢了腳步，很友好地和他們對視了一會兒，村民們都從木椅上站起來，把臉部的肌肉使勁擠到顴骨上，朝著他們招手。

　　雖然瞧不見裂開的大嘴，他們也知道那是和善的微笑，便怯生生地用同樣的姿勢揮手回禮。

　　七彎八拐到了一幢小洋樓前，阿信停住：「這就是我的家，請進。」

　　屋子不大，但是居家用品一應俱全，看著有些擁擠卻很有家的味道。阿信打開了熱水器，又拿出兩條大大的毛巾，說：「去浴室洗個熱水澡吧，把身上的濕衣服脫了，我給你們洗一洗，掛在外面明天就能乾了。」

　　阿信裝上嘴之後說話不多，但是句句體貼入微，讓陶雷和高慧很是感激，高慧想把剛才準備的感謝之詞背出來。

　　「不用客氣，能幫助遠方而來的朋友是我的榮幸。」在高慧開口之前他就把話先堵回去了，讓她瞠目結舌，不知道該怎麼說話了，只好按照指示脫掉衣服拿上毛巾去沖澡。

　　四十二度的熱水沖掉了餘留在身上的海鹽，沖掉了毛孔中堆積的寒氣，也沖掉了一天的疲憊。

　　兩個小朋友像粽子般包裹著大浴巾出來的時候，桌子上已經有熱騰騰的食物。

　　「不好意思，沒有時間做新菜了，我把晚上剩下的菜熱了熱，你們先將就著吃吧。」

　　「哎呀，有的吃就已經很好了，真的麻煩您了！」

　　果然是靠山吃山靠水吃水，桌上有半條清蒸魚，一

盤子白灼蝦，兩隻大螃蟹，阿信在廚房拿出平底鍋，煎起了魷魚。

陶雷和高慧肚子早就餓扁了，抄起筷子就狼吞虎嚥起來，片刻的工夫，半條魚只剩下整齊地魚骨頭，白灼蝦連蝦頭都不剩，兩人拿起最不好啃的螃蟹開始掰開螃蟹腿吮吸裡面的肉。

阿信端著煎好的魷魚來到桌前，小朋友們也覺得自己吃得太快有些尷尬，在新朋友面前趕緊收斂了下來，放慢速度，斯斯文文的，但是精光的盤子還是出賣了他們。

阿信瞧瞧桌子，微微一笑：「剛出鍋的煎魷魚，配上醬料應該不難吃，都是自己捕撈來的，安全衛生。」

「謝謝！謝謝！」他們口中不住稱謝，心中滿腹狐疑這裡到底是什麼地方？他們又是些個什麼人？為什麼都沒有嘴？他們是怎麼吃飯的？

「你們慢慢吃著，我來回答你們的問題。」又是沒有發問，阿信就有了回應。

「我們這裡叫做『讀心島』。」

「讀心島？」

「是的，閱讀的讀，心臟的心，海島的島。」

「就是閱讀心臟的島了？我就聽說過可以讀書，讀報，讀課文，心臟怎麼讀啊？」高慧聽了更是滿頭霧水。

「讀的不是心臟，而是別人的心思，簡單地說，就是可以讀出你心裡想的什麼。」

「好厲害！」

「好可怕！」

陶雷和高慧幾乎同時喊出來了。

「也就是說你只要看著我們就知道我們心裡想的是什麼了？」

「可以這麼說。」

「原來是這樣啊，難怪我們沒有說話你就都知道我們要做什麼。」

「哦，這就是為什麼你們都沒有嘴巴，你們根本不需要去說話就能夠互相明白對方的意思了，真的是太方便了。」

「方便是方便，但是如果我想和別人開玩笑或者搞惡作劇的時候，別人豈不是馬上就知道我要做什麼了？這就一點都不好玩了。」

「哎呀，只有你這種壞小孩才會成天想著捉弄別人。」

「不止是我呀，四月一日的時候大家都會騙人玩的吧，讀心島就過不了愚人節了，生活少了好多樂趣啊，我最喜歡愚人節了。」

「也有很多好處吧，如果你要做壞事的時候，別人一看就知道你想做什麼了，就會提前制止你，不讓你犯錯誤。」

「你們真聰明。」阿信開心的聽他們倆對話。

「所以說，嘴巴對你們來說根本就是多餘的。」

「也不是吧，嘴巴除了說話還要吃飯啊，你們是怎麼吃東西的呢？」

「還有啊，在你們感冒鼻子不通氣的時候那什麼來代替呼吸呢？」

「如果你們想唱歌怎麼辦？沒有嘴巴怎麼發出聲音呢？」

「我每天睡覺之前都要親一親我的媽媽，沒有嘴可怎麼親呢？」

「哎呀，你看看，阿信哥哥剛說了個名字，咱們倆

就問了那麼多問題，哥哥都插不上話了，現在換我們閉上嘴巴，好好聽阿信給我們介紹介紹。」

「嗯，咱們倆真是多嘴多舌啊，哈哈。對不起，阿信哥哥，我們先聽你講，最後再問問題。」

「這是一個很長的故事。」阿信收住了笑容，娓娓道來。

「在很多很多年前，我們的祖輩父輩就在這個島上生活了。我們天生沒有嘴，從來不會說話也不會唱歌，但是老天給我們關上一扇門的時候，就會為我們打開一扇窗。我們的族人生來就有閱讀別人心思的能力，只要我看著你的心三秒鐘就可以知道你心裡想的是什麼，所以我一直可以讀出來你們在想什麼。」

「體驗到了，真的很神奇。」

「那時候人與人之間不需要講話，大家看著對方的心就可以溝通、討論、開玩笑，還會吵架。彼此之間從來都不會寒暄和客套，因為在對方心裡看到的都是最直接真實的想法，所以完全沒有客氣的必要。」

「我每次想出去玩的時候都會和我爸爸先說，我已經做完了今天的作業，明天上學的東西也已經準備好

了，我還把自己的屋子打掃了一遍，最後再問我可不可以出去玩一會兒。要是我爸爸也會讀心的話，那他是不是直接就能看穿我心裡想的是我要出去玩？」陶雷問。

「是的，在讀心島完全沒有必要囉嗦前面一大堆，你的爸爸就能看到你想說你要出去玩，你看著他的心也能找到答案，不需要等著他去琢磨讓不讓你去或者再讓你完成什麼任務才可以去，心裡會有一個簡單明確的答案。」

「超棒的！不用費勁腦汁去措辭，不用繞圈子，太好了！」

「假如我不喜歡一個人，又不想讓她知道呢？」高慧問。

「沒辦法，不管你心裡是喜歡還是不喜歡別人，都會被讀出來。你也會讀出別人喜不喜歡你，如果發現有人不喜歡你，你就可以問她為什麼，你們之間可以溝通，矛盾和誤解很快就能夠化解了。」

「要是不能化解呢？」

「那就算了，每個人都不可能和所有人做好朋友。」

「說的有道理，那你們怎麼和有嘴的人溝通呢？」

「在幾百年前，我們島上來了第一批遊客。和你倆一樣，遊客們看見我們都嚇得半死，他們從來沒見過沒有嘴的人，以為我們是怪物。我們也被嚇得半死，不知道他們鼻子底下是什麼東西，還能發出聲音。然後雙方就僵持著，誰都不敢靠近對方。」

「哈哈，那場面一定很滑稽。」

阿信撇了撇嘴：「作為觀眾你會覺得滑稽，但是雙方都超級緊張的，害怕對方傷害到自己。」

「後來呢？」

「還好我們會讀心，我們知道他們心裡想的是什麼，為什麼會恐懼。我們也讀出來他們不想傷害我們，他們需要淡水和食物，於是我們拿出自己喝的水送給他們，他們很高興，作為回贈給了我們一箱子珠寶。可是你知道我們生活在海邊撿到珍珠寶石是很平常的事，但是我們能讀出他們想把最好的東西送給我們，充分地展現了他們的誠意，我們就收下了。最後，我們憑藉著讀心和手語能對話了！從那以後有更多的遊客來到我們島上觀光，他們給這個島起名叫讀心島，稱呼我們為讀心人。」

「太棒了！然後呢？」

「然後就過了好幾百年，我們慢慢地可以聽懂其他地方的人講話了，但是還是不會說話。對了，我們是不用鼻子呼吸的，讀心人的皮膚可以呼吸，我們在水裡就可以換氣，在海裡待上一輩子都沒問題。我們也不用嘴吃東西，讀心人要是餓了，就把食物插在肚臍眼上，塞進去就吃完了，特別方便。」

「那為什麼現在你有嘴了呢？」

「那是在七百二十九年之前，惑瘋大陸的創造者老頭兒來到了讀心島。」

「老頭兒？這算是什麼名字？他是這裡的創造者？」

「其實我們也不知道他真正的名字，也不知道他真正的樣子，有時候他是個小女孩兒，有時候是一團火，有時候是一頭羊，但是每次參加十年一度的在漢字國舉辦的惑瘋大陸盛典的時候他都是變成一個老頭兒的形象，所以我們就管他叫老頭兒了。」

「是他創造了惑瘋大陸？」

「是的，他來自於另外一個世界，好像是叫……土

球。」

「是不是叫地球？」

「啊！對了，就是叫地球。老頭兒創造了惑瘋大陸，把地球上的一些東西拿到了這裡，讓我們在這裡生長。他每年都會從地球裡挑選一些小朋友來惑瘋大陸體驗生活，說是對地球上的孩子有幫助，我也不知道能幫到他們什麼。」

「哦……這樣啊，我們就是來自地球的小孩。來到惑瘋大陸好幾天了，我確實學到了很多東西，那請問老頭兒他可以把我們送回地球嗎？」

「當然可以，他能把人從地球帶過來，自然也能送回去。」

「他現在在哪啊？」高慧和陶雷都超級興奮。

「數學國。每次在開盛典前他都要去數學國待一陣子，數學國是僅次於漢字國的第二大國，他要去檢查檢查小數的小數點兒有沒有點錯，零有沒有跑到分數線下面去，三有沒有擠到二進制的數字裡。」

「原來是這樣啊，難怪一國王說我們去數學國就能回家了。對了，還沒說你們怎麼有了嘴呢？」

　　「老頭兒是唯一一個我們讀不出他心裡想的是什麼的人，他參觀了整個讀心島，說這裡是惑瘋大陸上最美麗最美好的地方。我們才不這樣想呢，於是我們用心告訴他我們也想和別的國家的人一樣有嘴巴，可以說話，可以唱歌，可以呼吸，可以親吻。」

　　「老頭兒就給你們裝上嘴了？」

　　「據說當時他臉上特別難看，反覆地問我們是真的要有嘴巴嗎？讀心人很不明白，堅定地說我們也想有嘴。最後老頭兒送給我們每個人一張可以拆卸的嘴，就是我現在說話的這種，我可以把他放在口袋裡，想要講話的時候就能把他裝上。然後他垂頭喪氣地走了，臨走之際說過三年再來看我們，是不是真的需要嘴巴。」

　　「酷！我的嘴巴就拿不下來。」說著，陶雷和高慧用手試著去扯下自己的嘴巴，兩個人自己逗得哈哈大笑。

　　阿信卻沒有笑出來，他接著說：「讀心人也不明白老頭兒最後講的話，歡天喜地地用上了嘴巴，我們吶喊、咆哮、柔聲細語、放聲高歌、大口呼吸、親吻愛的人，暢快淋漓，過上了我們想都沒想過的快樂生活。」

　　「這多好啊，為什麼現在大家都不用了呢？」

「唉……快樂總是短暫的。在我們能夠熟練地掌握說話之後就特別依賴嘴巴了，我們不再去看別人的心，而是用耳朵去聽別人說的話。」

「你們可以一邊讀心一邊說話的啊？」

「是可以，但是在嘴巴剛流行的那段時間，誰要是再讀心就會被大家認為是老土，說話才是最時尚的溝通方式。誰都不喜歡被人嘲笑是土包子、老古董，就都不再讀心了。」

「那就是變成和我們一樣的生活，不是也很好嗎？」

「開始的時候確實沒什麼區別，只是換了一種傳遞方式，但是半年過後……有些人說出了和心裡想的不一樣的話！他們為了更快地達到目的，說了很多言不由衷的話。後來發現心口不需要一致的人愈來愈多，大家說的話居然可以完全相反，比如，我明明覺得你的衣服很難看，但是嘴裡卻說非常好看。」阿信說的自己不寒而慄。

陶雷和高慧互相對視了一眼，這樣的事情他們也做過，家長告訴他們讚美別人是一種禮貌。

「謊話、假話、大話、空話、虛話、套話、廢話充斥著整個讀心島，那是島上有史以來最黑暗的一段時間，人與人之間不再信任，彼此之間保持著警惕，對話之後都要找機會偷偷地在後面去讀讀心，來檢查對方有沒有說真話。那也是讀心人活得最累的一段時間，耳朵除了聽話以外還要去分辨，到底哪一句才是真心話。交流中充滿了疑惑，做事情的時候大家也都畏首畏尾，膽戰心驚的，不知道怎麼做才是對的。」這雖然不是阿信的親身經歷，但是作為讀心人生活中最恐怖的事件，從小他的家長和老師就都在重複著這段歷史，讓他在描述時感同身受。

「烏煙瘴氣，人心惶惶，提心吊膽，世風日下，人心不古。島民之間的關係日益冷漠，彼此見面都少了笑臉，口中說完客氣的話都趕快走開，生怕被人讀到自己的心思，往日夜晚大家團聚讀心賞月的活動更是不復存在。在有了嘴巴一年之後，島民們的交流比之前少了很多。」

「所以你們現在就不用嘴巴了？」

「是的，又過了一年，終於有人受不了了。當時大

家推選出來的讀心島島主阿樸召集全島的島民開了一次大會，他一上來就先站到桌子上，把自己的嘴摘下來。然後大家從他心裡讀出這樣一段話：

> 我親愛的朋友們，你們是我生命中最愛的人，我生在讀心島，長在讀心島，在這塊土地上我度過了無憂無慮的童年，簡單質樸的青年，來到現在幸福美滿的中年。我認識島上的每一個人，知道每一個人的性格和愛好。但是最近的兩年，也就是我們用上嘴巴的這兩年，我發現大家都變得那麼陌生，陌生的就像我從來不認識你們一樣，我們之間的歡樂愈來愈少，隔閡愈來愈多；相聚愈來愈少，孤獨愈來愈多；信任愈來愈少，猜忌愈來愈多。這一切都糟糕透了，我想回到最初的生活，簡簡單單的生活。

> 這段時間我一直在問自己，為什麼我們的生活會惡化成現在這步田地？我自己找到了一個答案，當年我們的日子過得那麼純粹，我們想什麼，就去做什麼，想和做是同一件事。而現在的

我們想什麼，說什麼，做什麼是截然不同的三件事，它給我們的生活帶來極大的困惑與麻煩。

我最親最愛的朋友們啊，你們才是我這輩子最寶貴的財富，比海底的珍珠，比沙漠中的金子，比地下的鑽石還要珍貴。

我根本不在乎你會怎麼說，也不在乎你會怎麼做，我只在乎你會怎麼想。

我想閉上我的耳朵，再也聽不到任何違心的話語；我想閉上我的嘴巴，再也說不出任何違心的詞句。

我想睜開我的眼睛，閱讀靈魂深處的文字；我想打開我的心窗，展示不經雕琢的本我。

我想回到過去，試著讓美好繼續，身邊沒有詞句，依舊兒時旋律。

「大家都被感動了。」

「沒錯，整個會場都濕潤了，所有人當場摘掉了嘴巴，互相閱讀著彼此的心情，能讀到的都是滿滿的悔恨與慚愧。於是，從那天起決定讀心島的島民不再使用嘴

巴，並且立此為祖訓。」

「但是……你現在不是……」

「我們也不能因噎廢食，還是有特例的，就是在有遊客來訪的時候允許用嘴巴來招呼客人。你看，如果我今天不裝上嘴，怎麼和你們聊天啊，你們又不會讀心。」

「那摘掉嘴巴之後你們回到從前的日子了嗎？」

「在摘掉嘴巴一年之後，老頭兒如約而至，發現我們的生活和三年前沒有兩樣，這時候我們才明白當初他為什麼反覆問我們是不是真的需要嘴巴。讀心人特別感謝老頭兒，這段難忘的經歷讓我們懂得了心才是最重要的，而且我們是惑瘋大陸上唯一會讀心的種族，老頭兒把最棒的技能留給了我們，也真是偏心啊。」阿信說的時候面上帶著感恩和驕傲的神情。

一低頭，盤子又空了，小朋友們聽故事嘴沒有閒著。阿信問：「吃飽了嗎？還要再添些菜嗎？我家裡還有。」

「今天我們跑了一天，肚子很餓，還沒有吃飽。」

「我也還能吃，謝謝啦。」

　　要是在地球上，就該按照爸爸媽媽教過的，說已經吃好了，不需要再麻煩，和感謝的話了。但是今天面對讀心人，善意的謊言不但騙不了人，還會被當做不真誠不友好的行為，他們索性實話實說，而且阿信也不是在客套。

　　阿信咧嘴一笑，又跑去廚房了，只剩下高慧和陶雷兩個人。

　　兩人同時側身轉頭，目光盯著對方的胸膛，過了大概有十秒鐘，高慧忍不住先笑了出來，陶雷也跟著憋不住了。

　　「我讀出來了！我讀出你心裡想的是什麼。」陶雷搶著說。

　　「我也讀出來了！我先讀出你想的是什麼，所以我先笑了。」高慧也不甘示弱。

　　「我想的是什麼？」

　　「你想的是試一試能不能讀出我心裡想的是什麼。」

　　「結果你心裡想的和我想的一模一樣。」

　　「哈哈哈！」兩個孩子笑成了一團。

　　阿信端著一盤海白菜和一盤海帶開始了第二輪的海鮮大餐，有了第一輪墊肚子，小朋友不那麼如狼似虎了。一邊吃著，一邊給阿信講臺灣的故事、波斯的故事。阿信聽得目瞪口呆，那是他完全想像不出來的世界，最後他們約定，有一天帶阿信到地球去做客。

　　當大海中央掛出如勾睡月時，三個人都聊得累了。阿信把他們安排到二樓客房，腦袋一沾枕頭，還沒來得及說晚安，瞌睡蟲便將他們帶入另一個世界。幫他們掖緊被子角後，阿信摘下嘴巴，眼睛盯住兩顆小心臟，讀出了馬上就要褪色的兩個字：

　　　謝謝！

一老一少

　　透過二樓的窗戶，他們看見陽光傾灑在生意盎然的海面上，空氣中充滿著泥土與海鮮的氣息。風拂草動，碧浪蕩漾好似汪洋。

　　此時已是上午九點，摸黑趕早潮的一批人已經收網上岸了，在村口晾上漁網，半臥在遮陽傘下的躺椅上，有一搭沒一搭地互相讀著心。海上還有幾艘漁船，幾個讀心人撒好了網靜候魚兒入囊。

　　「好美啊！」高慧看到大海高興地脫口而出。

　　「我想在這裡度假。」陶雷也被眼前的景色所傾倒。

　　「我也想留下來，上午睡懶覺，下午去海邊玩，晚上吃烤魚！」

　　「暑假就要到了。」

　　「沒有暑假。」

　　「你在說什麼？怎麼會沒有暑假？我不是馬上就小學畢業了嗎？那是最好的暑假了，連暑假作業都沒

有。」

「我們現在都不在地球上，沒有家人，沒有老師，沒有學校，哪來的暑假？」

「好吧，我們現在該做的是趕緊找到數學國，然後回家。」

雖然嘴上這麼說，兩個小朋友還是戀戀不捨地趴著窗臺，想多看一眼遠方的大海。

「起床了嗎？」阿信聽到樓上的動靜問道。

「起了。」

「下來吃早飯。」

「好！」

牛油果烤麵包、大馬哈魚子醬、紫菜肉鬆包飯、海鮮雞蛋餅、清茶，還有裝上嘴巴的阿信。

「昨天晚上睡得不錯吧？」

「嗯，特別舒服。」

「來嘗一嘗海灘風味的早餐。」

「那就不客氣啦。」說完，大家都動了筷子。

「唉，阿信，為什麼你不去打漁呢？」

「不同的魚有不同的生活習性，有的喜歡光，有的

喜歡暗，有的在漲潮的時候出沒，有的在退潮的時候活動，不同的時間，不同的海域能捕到不同的魚。人也是一樣，你們剛才從窗外看，打完魚在休息聊天的有沒有年輕人？」

「沒有太仔細注意，但是好像都是上了些年紀的，有幾個還是白頭髮。」

「那就是了，老年人睡覺少，不像你們小孩子需要很多的睡眠。大家都是晚上十點睡，你們八點還在做夢呢，可能他們四點多就醒了，而且精神狀態很好。所以五點多村子裡的老同志就都趕早潮去打第一批魚了。」

「哦，原來是這樣，那你呢？」

「我沒有你們這樣貪睡，但是還是喜歡睡醒之後過得慵懶一些，所以上午我在家收拾收拾屋子，洗洗衣服，做做飯。中午沒有人會出海，因為太曬了，烈日能像剝洋蔥那樣脫掉你的皮。下午兩點以後，我開始工作，開心就多在海上待一會，不開心就早點回家。」

「酷！我們能和你一起去海上打漁嗎？」陶雷聽著極為神往。

「沒問題，但是得要下午兩點以後才能開始，你們

不著急去數學國了嗎？」

「唔⋯⋯我們⋯⋯」陶雷低下了頭。

就像被潑了一盆冷水，高慧也很想出海打漁，但是一想起家裡人還在惦記，就開始猶豫了。

他們倆相互對視了一眼，誰也沒有說話，內心裡都在盤算。

阿信也不再建議，將目光匯聚在二人胸膛，開始閱讀。

他看到了兩幅混雜著文字和畫面的圖像，畫面的切換極為迅速，一會兒是坐著小船在海面上乘風破浪，一會兒是爸爸媽媽的臉，一會兒是拉著漁網使勁往上拽，一會兒是沒有見過的高樓大廈，一會兒是海鷗棲息在桅桿上，一會兒是教室中趴著頭做習題，一會兒是沙灘上堆滿的魚還在活蹦亂跳，一會兒又有氈房內小桌上擺放著乾鮮果品，「玩」和「不玩」兩組詞也隨著畫面交替出現。

最後畫面定格了，文字也不再變動，高慧和陶雷心中出現的都是他陌生的城市畫面，陶雷想的是考試，高慧想的是數學國。

「吃完早飯我給你們帶路，數學國已經不是很遠了。」阿信看到答案了，不用再問。

兩個小朋友癟著嘴，還是很遺憾。理性告訴他們該早點回家，讓大家都放心，近在咫尺的海上捕魚卻又頗具誘惑力。

「我真的不想錯過。」高慧的心裡又翻了幾下。

「那就？」陶雷也被慫恿的猶豫了。

「還是做個乖孩子吧，錯過不一定是件壞事，給你們留一個下次到訪讀心島的理由。」阿信說。

「可是我們還會有機會回到這裡嗎？」高慧反問。

「不一定沒有啊，你們之前有想過會來到讀心島嗎？以後怎麼樣誰也說不好，也說不一定過五十年你們再來到這裡，我已經是個小老頭了，大早上帶著你們趕早潮。」

「哈哈哈，那就下次再說。」

「一言為定。」

海鮮早餐風味獨特，很快就被吃光了。

「擦擦嘴巴，我給你們帶路。」

「謝謝你的早餐，真好吃。」兩人齊聲道。

　　阿信帶領他們背著海的方向穿大街過小巷來到了村子的另一端，一路上也遇見不少讀心人，他們沒有像昨晚那樣驚恐，而是熱情的裂開嘴朝他們微笑，揮手再見。讀心人們也紛紛地揮手回應，這樣發自內心的晴朗笑容，即使不去讀心也能在臉上讀的明明白白。

　　村口處，一條彎彎曲曲的石子路通向遠方。

　　「順著路走，就能到數學國了，沒有分岔路，很好走。」

　　「請把嘴摘下來，我想記住你最平常的樣子。」

　　阿信沒有轉頭，當著他的面拿下了嘴巴，笑容擠得眼角出現了魚尾紋。

　　「不會忘了，就送到這裡吧，請留步，再見！」

　　「一路順風！」

　　就此別過，陶雷和高慧踏上了新的旅程。

　　石子路蜿蜒曲折，路旁青松翠柏枝繁葉茂不見烈日。知道此路直通數學國，兩人不由地加快了腳步。

　　正如阿信所說，道路只此一條，沒有分岔，但是路的走勢盤盤困困，曲轉迴腸，時而拐東，時而扭西，更有甚之突然前方一百八十度的大轉彎，不到半個小

時，他們就完全分不清楚東南西北，能記住的只有沿著路走。

就這樣又走了兩個小時，還是沒有數學國的跡象，高慧累了，坐在一棵樹下不走了。

「我們休息一會兒吧。」

「好的，我也走不動了。」

「好睏啊，我想睡一會兒。」

「嗯，躺下休息一會兒再走也好。」

「我們做個路標吧，睡醒之後別走反了。」

「好主意，拿什麼做呢？」

「嗯……就用我的鞋子好了。」高慧脫下鞋子擺在路中間，用鞋尖指著前方，「睡醒之後順著鞋子指的方向走就對了。」

「你真聰明。」說完，兩人就倒在路邊假寐起來。

先睡醒的是陶雷，他看到眼前的樹葉透著昏紅之色，光澤柔美的讓他不想起身。他揉揉眼睛，強迫自己坐起來，發現自己睡夢中滾到了路中央。再看高慧，也不老實，半個身子在石子路上，兩條腿耷拉在路邊。他趕緊過去喚醒她。

「起來了，我們該走了。」

「唔……讓我再躺一下，一下就好。現在幾點了？」高慧還賴在地上。

「現在……我看太陽都快落山了，我們似乎睡了很久。」

「啊！太陽都要落山了！」高慧一聽清醒了，一骨碌身站了起來。

「我的鞋子呢？」

「怎麼會這樣！」兩人同時叫了出來。

再看擺在路中間的鞋子，明明是足弓貼著足弓平放的，結果現在是鞋跟靠鞋跟，鞋尖朝相反方向打成一個平角。

每隻鞋指向了路的一邊。

「該往哪邊走啊？」

「不知道啊。」

「為什麼鞋子位置變了。」

「咱們倆也不在睡覺的地方了，一定是做夢的時候把鞋子碰歪了。」

「那現在該怎麼辦？」

「你還記得應該是往那邊嗎？」

「不記得了，那隨便選一個走？」

「不行，我們走了好遠才到這的，走錯了就又走回去了。」

「哎呀，為什麼我們睡個午覺都不踏實啊。」

「等等，你聽聽，好像有人來了。」

聲音由遠及近，轉彎過後，兩個人影出現在石子路上，陶雷和高慧興奮地要死，趕緊迎著他們走上前去。

走進前看清楚來的是一個白髮蒼蒼的老人和一個活蹦亂跳的小孩子，老人看起來六七十歲，步履穩健；小孩子只有七八歲的樣子，一臉調皮樣。

「您好，我們是在這裡迷路的旅人，請問您知道數學國該怎麼走嗎？」陶雷很客氣地向老人發問。

老人往四周踅摸了一圈說：「我也不太清楚，你問我爺爺吧。」

「哦，那你爺爺在哪啊？」高慧心想他都這麼老了，他爺爺得多大歲數。

「就在這啊，你們眼睛有問題嗎？」老人指了指旁邊的小孩子說。

「什麼！他是你爺爺？你是他爺爺還差不多。」陶雷大跌眼鏡。

「喂，說話要有禮貌！」小孩子呵斥老人家。

老人被訓了，一低頭，不敢說話了。

「太奇怪了！小朋友居然是老頭子的爺爺，我想問一下這位白頭髮的朋友，你今年多大年紀了？」高慧忍不住發問。

「我今年還有六十八歲。」他如實回答。

「什麼叫還有六十八歲？沒聽懂，小朋友你今年幾歲啊？」

「我今年還有七歲。」小孩子眨眨眼睛。

「搞得我一頭霧水，七歲就是七歲，六十八歲就是六十八歲，為什麼前面都要加上『還有』呢？」

還有七歲的小孩子說：「是這樣的，我們是逆生國的人。」

「逆生國？就是倒過來出生的人？」

「你慢慢聽我說：逆生國的人和其他國家的人都不一樣，我們一出生就皮膚鬆弛，臉上有皺紋，身上有嬰兒斑，頭髮鬍子全白，牙齒鬆動，行動遲緩，好多小孩

一出生就有先天性的小兒癡呆症，帕金森綜合症，嬰兒健忘症等等。隨著年齡的增長，我們的皮膚會變得緊緻，身上的斑點會消除，牙齒日益緊固，行動的速度也會變快，出生時的病症減輕或者澈底痊愈。

逆生國的法律規定，當一個逆生人長出第一根黑色的頭髮時，宣告他成長成一位成年人，以後要為自己的任何行為負責任。成年以後，我們的身體會愈來愈強壯結實，皮膚有光澤，目光清亮，頭髮烏黑，活力四射。

在逆生人活到還有十八歲那一年，就要開始晚年生活了。我們的身高一天比一天短小，身體也開始羸弱，鬍子不再生長，皮膚細膩且脆弱，還有可能患上老年多動症，老年麻痺，大舌頭，天花，水痘等等可怕的疾病。

最後逆生人會縮小的像枕頭大小，每天大部分時間睡覺，不再吃固體食物，不再能說話，在自己的哭聲中離開世界。」

「哇塞！太奇妙了，和我們的生活完全相反！」陶雷和高慧驚呆了。

「所以外面管我們叫逆生國，在我們看來你們才是

逆生的呢。」小孩子一個勁得搖頭，一臉不滿和固執。

「那能再解釋解釋為什麼你們的年齡前都要加上還是嗎？」

「我們國家的人一出生就知道自己離死亡還有多少天，比如，我出生的時候媽媽就告訴我我離去世還有八十五年，我出生一年後就離死亡還有八十四年，我的生日就是還有八十四歲。我們的生日都是以生命還剩下的日子來計算的。」

「那就是倒數嘍，果然是逆著的。」高慧小聲嘟囔了一句。

「知道自己的終點是哪一天會不會特別恐怖啊，總要擔心最後一天的到來。」陶雷問。

「恰恰相反，我覺得這是逆生人最得意的地方。我的童年時光都是悠閒地吃下午茶、看報紙、下棋、混日子，長出黑頭髮之後就開始意識到生活中有許多有意義的事情值得去做，美好的地方還沒有走過，有趣的朋友還沒來得及認識。每過一年，就少了一年，我要趕快在剩下的時間裡把想做的事情做完，留給我的時間越少，我的壓力就越大，生活就變得越緊湊。你知道嗎？在我

還有十九歲的那一年裡，我知道自己要開始走下坡路了，一年裡我走訪了惑瘋大陸上二十個沒去過的國家，認識了一百六十五個新朋友，體驗了七十六種工作，充實的不能再充實。過完還有十八歲生日，踏踏實實回家養老。」

「太酷了！那您今年還有七歲就是……」陶雷沒好直接說下去。

「我還可以活七年。」小孩倒是直接。

「到了這把年紀我已經很知足了，你聽我的聲音，已經經歷過換聲了，我的音調和成年的女人差不多，你再看我的牙齒。」說完他張大嘴巴，然他倆觀察。

「少了好幾顆，而且牙齒有的粗壯有的粉嫩。」

「我開始換牙了，掉了好幾顆恆牙，長出老人才該有的乳牙。乳牙的出現就是告訴我時日無多了，幸運的是我沒有什麼老年病，最後的希望就是想再去漢字國看一次十年一度的惑瘋大陸盛典。哎……還有七歲了，這次不去就沒有機會了，讓孫子陪著我，一定要趕上！」說完臉上露出孩童般的喜悅，一點不像離死不遠的老人。

「漢字國啊，依照你們的速度還得走上幾天。」高慧回憶了一下離開漢字國的經歷說。

「而且還是走近路。」陶雷補充。

「我們不走近路，孫子還小，不敢冒險了，下一次他就可以走了，不過我就不在了。」小孩踮起腳摸摸老人的頭。

「你們知道漢字國在哪邊嗎？」

「知道啊，一直走，在轉幾個彎就到了。」老人搶著說。

「那你們知道數學國在哪嗎？」高慧趕緊問。

「後面就是，我們剛剛經過數學國，下午茶還是在數學國吃的，你們順著路一直走就到了。」小孩指了指背後。

「還遠嗎？」

「不遠了，再走一個小時就能到了。」

「謝謝你們，我們要向數學國趕路了，很高興認識你們，祝您旅途越快！」

「不客氣，也祝你們一路順風！」

雙方擦身而過。

老人不住的左右張望，小孩有意識地控制著自己走路不要跳起來。

在同一條道路上，逆向而行。

數學之國

道路依舊曲折。

但是知道數學國只有一個小時路程，陶雷和高慧又重新注入了活力。

已經不算是徒步趕路，兩人幾乎開始小跑。

遠方的夕陽低垂，在他們瘦小的身上投射出狹長的暗影。

彩霞收集了最後一點陽光，勉強可以照映前路。

當目光可以看到遠方巨大的圓形城郭時，兩人已是氣喘吁吁。

「我們要到了。」高慧放慢速度，試圖平穩自己的呼吸。

「其實我挺喜歡這裡的，每一天都有不同的冒險，永遠也不知道下一秒鐘會發生什麼，回家之後我會懷念惑瘋大陸的。」陶雷還有些不捨。

「我想我的家，我也想留在這裡。從逆生人的話可

以知道這裡至少還有二十多個國家，一定是各不相同，非常有趣，我能走遍惑瘋大陸就好了。」

兩人放慢了腳步，似乎離別將至，還想在這塊土地上多留一會兒，讓時間過得慢一點兒。

清風吹走最後一抹餘暉，吹來林間的清冷空氣，教人頭腦清醒。

灰暗間，世界變得朦朧，半個月亮從黑黝黝的柏樹梢頭探出臉來。

忽然陶雷不走了，高慧不明就裡，轉頭看著他。

「你聞，好香啊，有人在做飯。」陶雷吸了吸鼻子。

「有嗎？離著城牆還有一段兒距離呢，炊煙也飄不到這裡來，是你肚子餓了吧。」高慧揶揄道。

陶雷沒有反駁，但是前行愈遠，香味愈濃，高慧感覺到剛才說錯話了。

來到樹林盡頭，數學國的城池終於完整地呈現眼前。約莫五米多高，暗紅色的城磚在薄霧籠罩下陰冷如血，緊閉的大門沒有透出一絲友好。城牆以規則的弧度向兩邊延伸，不見盡頭。相較漢字國的城郭小了許多，兩人並無驚奇，只是漸涼的夜氣和飢腸轆轆讓他們心情

低落。

此時，城下一點明艷的火光更能吸引他們的眼球。

兩人快步循光而去，但見四個人圍著篝火盤腿而坐，傳遞著不知是水還是酒的袋子解渴。篝火兩旁用硬木支出一個架子，中間吊起鐵桶，火焰舔舐鐵皮的劈里啪啦和桶中濃湯嘰里咕嚕混合出濃郁的香氣霸佔了整片空地。

是咖哩。

陶雷略顯得意地瞅了高慧一眼，高慧回了一個鬼臉，然後朝著營火鼓著嘴。

兩人心意相通。

去討口飯吃！

「你們好！」高慧用愉快的語調打招呼，「我的名字叫高慧，這是我的朋友陶雷，我們想去數學國，但是看起來今天城門不會再開了，能讓我們分享營火嗎？」

一個大胖子起身致意，他身著一件白色長衫，這絕對是長衫，幾乎長到膝蓋，陶雷從沒見過這種款式的衣服，心中暗叫奇怪。下身是配套的白色長褲和黑色皮涼鞋，他臉上肉嘟嘟的，一副富貴相，起身時手指上幾個

碩大的金戒指在火光下盡顯華貴之態，長衫中間寫了一個數字8。

「你們好，尊貴的客人，我是數學國的8，你們是……？」從著裝上他沒有看出兩個小朋友的來路，打了個磕巴。

「我是臺灣人，高慧她是波斯人。」陶雷趕緊解釋。

「臺灣？是什麼地方？」坐在8對面的人搭過茬，如果說8是個大胖子的話，他就是個中胖子，肚子一樣的滾圓，只不過腦袋小了兩號，臉上掛著自然的笑容，也是白色的長衫長褲，衣服上寫的是數字6。

「臺灣是一個美麗的小島，有好多好吃的東西。」

「對不起，我沒有聽說過…你們呢？」6左右詢問。

「不知道，但是波斯可是熟悉的很啊，離咱們的老家不遠。」說話的兩位都是女孩子，身材曼妙纖細，她們穿的竟然不是衣服，而是用一塊繡著珍珠寶石的絲綢把胸前和腰部以下裹了起來，袒露著毫無贅肉的肚子和兩條胳膊，一個胸前寫的是數字7，另一個是數字9。

她們穿的是紗麗！高慧認出來了，還有8和6的長衫，再加上一鍋咖哩，這裡就像是印度人在搞派對，難

怪她們說離波斯不遠，但是為什麼數學國的人要像印度人那樣生活呢？

四個數字挪挪位置，勻出兩個座位給他倆。

「不管知不知道，來了就是客人。」9拿出一個新的水袋遞給他們，兩個小朋友各自喝了一大口。

「你們是第一次來數學國嗎？」7好奇地看著他們。

「是的，沒想到城牆那麼矮，我覺得一會兒我可以爬進去。」陶雷有些調皮。

「比漢字國小多了，而且居然是圓的，我還以為所有的城堡都是方的呢。」高慧補充。

「哈哈，為什麼數學國是圓的呢？這可是歷史問題。」8看看9。

9微微一笑說：「在很久很久以前，數學國的國民生活在荒郊野外，我們冬天搭帳篷，夏天睡吊床，艱苦而又不安全。後來發現漢字國的都城用上了磚牆，保暖又牢固，於是我們大家也決定去購買磚瓦，搭建自己的城市。」

「然後呢？」

「然後問題就來了，數學國當年國庫空虛，沒有足

夠的錢修建那麼大的城市。」

「那就蓋小一點的吧。」

「是的，我們先把國庫裡所有的錢拿出來買了磚頭，大家再湊在一起設計如何修建。首先確定了城牆高度是五米，因為再矮就顯得太寒酸了。」

「五米還是很寒酸。」陶雷抬頭望望，但沒好意思說出口。

「如果高度是五米的話，根據磚頭數量計算，我們能修建的城牆周長是30000米。」

「哇，那也不短了。」高慧吐吐舌頭。

「是啊，數學國民們希望在同樣周長的情況下，城市的面積愈大愈好，每個人都能有足夠的生活空間，你說該怎麼修呢？」

「讓我想想，周長不變還要面積最大，那就是要有一個最合適的形狀了，我記得學習幾何的時候老師說過正方形是面積最大的矩形，世界上好多古城也都是正方形的，應該修成正方形吧。」陶雷脫口而出。

「說的有些道理，那你可不可以算算正方形城牆的面積是多大？」7期待地看著陶雷。

「30000米也就是30千米，邊長等於30除以4，得7.5千米。7.5乘以7.5等於56.25平方千米。」

「做的很好，當初正方形也是一個熱門的選擇，但是後來發現面積還不是最大。」6聳聳肩。

「不是正方形？」經歷了賭局的事件，高慧對陶雷的數學非常有信心，「那難道是三角形？」

「我試試，周長相等的三角形裡等邊三角形面積最大。邊長等於30除以3得10千米，那麼根據商高定理，三角形的高是 $\frac{\sqrt{3}}{2}$ 乘以10，等於$5\sqrt{3}$千米。面積用底乘以高除以2：$\frac{10 \times 5\sqrt{3}}{2}$ 等於$25\sqrt{3}$，約等於43.3平方千米。哎呀，面積還小了很多。」

「嗯，當時我們也試過三角形，又試了五邊形、八邊形、十二邊形等等，最後終於發現了規律。」8一臉自豪，「邊數愈多，圍出來的面積愈大！」

「這樣啊，那就用一百邊形，不，一萬邊形來圍城牆。」高慧很興奮。

「那為什麼不是一萬零一邊形呢？」7抿嘴看著她。

「哎呀，那最大的數字是多少就是多少邊形。」

「最大的叫做正無窮∞！」陶雷補充。

「很好，一個有著無窮等邊的形狀是？」7循序漸進。

「圓形！」

「那請你算算圓形城牆的面積是多少？」

「圓形的半徑等於30除以2再除以3.14，約等於4.78千米；面積是3.14乘以4.78^2，結果是71.74平方千米。果然大了好多！」陶雷驚呼。

「正解！得出結論後，數字們欣喜若狂，即時開工，同心協力，不到一年就修建出眼前的城池，雖然現在看來不夠氣派還褪色老舊，我們仍然感到驕傲。」

傾談間，桶中的咖哩響聲大作，氣泡翻滾。8和6一起將鐵桶取下，7和9從書包中拿出一疊烤好的饢餅，兩個小朋友看直了雙眼。

「餓了吧。」8拿出大木勺攪和一下咖哩，將沉在下面的馬鈴薯往上翻了翻，一勺一勺舀進小碗裡。

每當8落下湯勺，從夜空冉冉灑落的星光便射進碗裡，在湯面上晶瑩地翩然起舞。彷彿嫌桂皮、小茴香、八角的香氣不夠，特意帶來天上的味道。

連同星光，陶雷和高慧將咖哩湯汁浸透餅子邊緣，

送入口中咀嚼。

這樣吃著咖哩，總覺得進入體內的香氣，好像會從肚子深處逐漸瀰漫全身。

胡蘿蔔、芹菜、馬鈴薯、椰菜混合了咖哩的濃香卻又不失原有的味道，小朋友們連連讚好，卻不知這是數學國民兩千五百多年飲食的結晶。

聰明人此時光吃不說話。

在場的就有六個聰明人。

兩個胖子身上都冒出熱氣時，其他人也杯盤乾淨。

陶雷忽然想起在快活樓聽戲時遇到的百分之九十九，他說他來自分數國，分數國和數學國有什麼關係呢？便問道：「請問數學國裡有沒有分數和小數呢？」

我們生活中使用的阿拉伯數字不是阿拉伯人創造的哦，是古印度的婆羅米人發明的，但是被阿拉伯人傳入中東和西方，因而被誤認為是阿拉伯數字。你看6789他們還保留了印度人的習俗呢！

「有啊，但是他們只是來數學國串門子，平時不住在這裡。」7猶豫了一下。

「那他們平時住在哪？」高慧也想起了在快活樓的遭遇，趕忙追問。

「住在分數國和小數國裡。」

「好奇怪啊，分數和小數不都應該是數學國的子民嗎？為什麼還要成立自己的國家，難道是他們鬧革命都獨立了？」陶雷很有興致。

「這就說來話長了，當年數學國成立的時候只有整數，這座城市也不過剛剛好夠我們居住。後來經過繁衍生息，又有了分數、小數和負數等等兒女子孫，城邦的承受力是有限的，這麼多人擠在一起都苦不堪言，生活因空間的狹窄變得不再歡樂，彼此之間也滋生不滿，摩擦不斷。最後決定將附近的土地分封給分數、小數、負數等等，讓他們成立分數國、小數國、負數國等等諸侯國，尊數學國為母國，年年進貢，歲歲來朝。」

「噫，聽起來很熟悉。好像歷史課上學過這樣的故事，皇帝把自己的領地分給親戚們，讓他們治理自己的小國家，但是每年要交稅。哪個朝代貌似是叫稀粥，皇

帝差不多姓雞，最後皇帝被諸侯們整得死去活來。」陶雷靈光一現，懊惱要是歷史課上仔細聽講就好了。

「什麼稀粥？你是不是沒吃飽啊，我這裡還有餅，不過沒有雞肉。」9拍拍他的頭。

「數學國可沒有被整得死去活來，分居之後，他們創造出自己理想的生活環境，日子過得舒服極了。沒有同在屋簷下，便少了平日的磕磕絆絆；偶爾的往來拜會，更是如同小別勝新歡。本來就血脈同源，如今反而親密無間。」6趕緊解釋。

「真的嗎？所有的數字之間關係都很好嗎？」高慧想起拼音國一見面就吵架的j和a，不禁發問。

「也不盡然，除了小數國的一部分人有些怪怪的……剩下的就都還不錯。」7環視一周，想徵求其他人的同意。

他們表情有些詭異，不過也都點點頭表示認可。

「是誰呀？」高慧看的一頭霧水。

「他們是小數國的無理數。」

「什麼是無理數？不講道理的數字？」

「噓！小點兒聲，這是我們私下給他們起的名字，

誰都不敢公開去講。」8在嘴上豎起食指。「小數國有兩大家族，一個是有限家族，另一個是無限家族。顧名思義，有限家族的小數名字不論長短，一定能讀完，比如0.375；而無限家族則剛好相反，名字沒完沒了，一定讀不完，比如0.3333……」

「那怎麼喊無限家族小數的名字呢？」

「無限家族又分為兩大派系，一個是無限循環派，另一個是無限不循環派，循環派的還好說，只要叫他們的循環節就可以，比如0.375375……；然而無限不循環小數簡直就是夢魘，曾經有人試著讀完一個名字，結果讀了三天三夜直到口吐白沫都沒能讀完。除了個別明星級人物有特殊稱號，其他人一律只用『嗨』來稱呼。」

「誰是明星級人物呢？」

「比如 π 就是，他的真名叫3.1415926535897……無窮無盡，因為對數學界有特殊貢獻，所以就有了 π 這個特殊稱號；還有數學國最漂亮的美女！」說到這8眼前一亮，但馬上看了7和9一眼。

7用鼻子輕輕哼一聲以示不屑，9撇撇嘴，而6則笑嘻嘻看著8如何收場。

「誰是最漂亮的？」這是今晚最吸引高慧的話題。

8清清喉嚨，有些尷尬地說：「並不是我認為她是最漂亮的，而是數學國公認，她的名字叫Φ。」

「fài，漢字裡沒有這個讀音。」陶雷感覺很陌生。

「有點像英語裡的五，five。」高慧想到了。

「她的名字怎麼寫？」

「一個圓圈，中間有一條豎線。」6一邊說一邊用手在地上寫出。

「沒有稜角的中，我記住了。」陶雷潛意識裡總要和漢字對比。

「看名字也沒多好看，她是如何漂亮呢？」女孩子更在乎美麗。

「Φ又叫做黃金分割數，約等於0.618，是一個神奇的數字，我們的身體和0.618密不可分，比如：

肚臍位於身長的0.618處；

喉嚨位於肚臍到頭頂長度的0.618處；

鼻子位於頭頂與下巴的0.618處；

膝蓋位於肚臍到足底的0.618處；

肘關節位於肩關節到中指尖的0.618處；

眉毛位於髮際線到下頜的0.618處；

鼻尖位於下頜到髮際線的0.618處；

嘴唇位於鼻尖到下頜的0.618處。」

「天啊，人的身上有這麼多的0.618，你不說我都不知道。」兩人站起來互相端望著，目測剛才說的那些位置到底是不是在黃金分割點上。

「不光是人體，大自然裡也有超級多的黃金分割數，人的體溫一般是37°，它乘以0.618是22.8°，在這一環境溫度中，人的新陳代謝、生理節奏和生理功能都處於最佳狀態。」6補充道。

「更多的是用在建築學裡，就像正四稜錐形狀的金字塔，側面高和底面邊長的一半比例也是0.618。在發現黃金分割數的妙處之後，修橋補路、蓋房建舍、室內裝飾等等都廣泛應用，身邊的美感愈來愈多，數學國民也就愈來愈喜歡0.618。為了表彰她的傑出貢獻，讓她挑選自己的特殊稱號，Φ這個符號的書寫方式也是她自己設計的。」有了6的加入，8介紹更有底氣。

「可是Φ的豎線在橢圓的正中央，為什麼不在黃金分割點上呢？」陶雷不解。

「誰知道女孩子的腦袋裡怎麼想的？」8和6也沒有答案。

「女孩子知道男孩子腦袋裡想什麼。」7翻了白眼。

「你知道男無理數腦袋裡想什麼？」6挑釁地看著7。

「嘿！我們說正常的數字好不好！」7鼓起嘴巴。

「不管，無理數裡也有男孩子。」6狡黠地笑著。

「哼！不理你了。」

「到底是怎麼回事呀？」他們聽得一頭霧水。

「我們數學國國民最講究理性和邏輯，做事情一向嚴謹認真，說話一定有條不紊。唯獨無理數是例外，他們人如其數，亂糟糟一大團，說話辦事沒有規律可言，可能第一句和你說天氣，第二句話就聊到晚飯的牛肉太鹹，第三句話又跳到後天凌晨三點有流星雨看。總之，思維跳躍性超強，我們永遠跟不上他們的節奏，這絕對是數學世界裡最忌諱的，後來背地裡我們就稱這些不按牌理出牌的無限不循環小數為『無理數』。」

「聽起來好有趣啊，他們也會經常來數學國串門子嗎？明天我們可以見到無理數嗎？要是能見到Φ就更好了。」高慧異常興奮，陶雷也連連點頭。

「來得早不如來得巧，若是平時還真不一定能見到，明天不要說無理數了，你想見到的數字差不多都能見到。」9已經把餐具都收拾好。

「為什麼呢？數學國搞活動？」

「真聰明！明後兩天是三大王的慶生會，根據慣例要舉辦一年一度的比武大會，附近諸侯國的數字都願意來湊熱鬧。」

「3是大王？憑什麼呀？為什麼你們不能做大王呢？」陶雷很驚奇。

「不是的，你誤會了，三大王不是數字3。我們數學國一共有四位大王，分別是加法大王、減法大王、乘法大王和除法大王，他們每人管理國家一個星期，如此往復更替。因為是按照加減乘除的順序排列，所以乘法大王又稱為『三大王』。」8趕緊解釋。

「哦，原來如此，居然是四位大王，那你們每年應該有四次比武大會囉。」

「非也非也，一年只有一次。四位大王脾氣秉性完全不同，雖然都是大王，但是從性格來看他們更像是『王侯將相』。」7馬上糾正。

「王侯將相又是怎麼回事？」

「加法大王宅心仁厚，以德服人，絕對的王者之風；減法大王瀟灑飄逸，放蕩不羈，頗似深宅的侯爺；乘法大王性如烈火，鐵面如山，好比慣戰的將軍；除法大王心思縝密，運籌帷幄，就像妙算的丞相。

假如有數字犯了法條，更願意在加法和減法大王執政的任期，最可怕的是遇到乘法大王當值。」6如口吐蓮花般道出四位大王的特點。

「還有就是只有乘法大王才喜歡打打殺殺，唯獨在他的慶生會舉辦比武大會，其實數字們並不是單單想看比武，這是每年最大的一次嘉年華，藉著比武的幌子大家吃吃玩玩，享受歡聚的快樂。」9來補充。

「哦，我知道了。我爸爸經常和朋友去看足球比賽，可是每次醉醺醺得回來連誰贏了都不知道，他就是借這個理由和朋友聚會。」高慧說。

「人小鬼大。」8摸摸她的頭。

「時間不早了，我們搭帳篷準備睡覺吧，明天還要早起進城呢。」6發話了。

陶雷和高慧互相看了一眼，他們沒有要在戶外過夜

的打算，也沒有任何裝備，只能天當被地當床，不禁向對方做了一個鬼臉。

「別擔心，不會讓你們在外面數星星的。我們的帳篷夠大，剛好有兩個。高慧，你跟7和9睡一起，陶雷，你和我們睡。」8開始動手支帳篷了。

「耶！謝謝！」兩個人頓時狂喜。

「別高興得太早，你看到他倆的身材了嗎？」7努努嘴。

陶雷頓時收斂了笑容。

「睡在他倆中間，說不定明早變成肉醬漢堡包。」

「哈哈哈哈！」除了陶雷，其他人都捧腹大笑。

人多力量大，釘釘子、搭支架、綁繩子，很快兩個圓頂帳篷落成。

三個女孩子率先入帳，防止蚊蟲進入的拉鏈卻並沒有拉上。

「咱們三都側著睡位置就夠了。」6一抿嘴示意陶雷睡在中間。

陶雷硬著頭皮躺了進去，緊接著8和6魚貫而入，隨著咚咚兩記落地有聲，緊接著傳來小男孩大聲而急促的

喘息。

　　女孩子帳篷裡笑成一團，好一會兒才躺倒地上。

　　這時拉鏈才被拉上。

比武大會

高慧睜開惺忪睡眼，並不是因為天光大亮。

老友見面的暢快交談聲、撲克遊戲的歡樂喧鬧聲、買賣交易的討價還價聲，伴隨著烤麵包的麥香以及烤香腸的濃郁肉味在帳外此起彼落。

她揉揉眼，坐起身來。

7和9渾然不覺，蜷縮在一角昏睡，7還流出口水。

不知道陶雷起床了沒有。

高慧打開帳篷簾子，一下驚呆了。

空地旁邊搭起大約三十多個大小不一、方圓各異的帳篷，有塑膠布、帆布、麻布，更有絲綢質地的，大多是酒紅、明黃這樣的淺色，還夾雜了個別螢光色，彼此爭奇鬥艷。

空地上數字們三三兩兩湊在一起，或點起炭火做早餐，或圍成圈玩遊戲，就像出來野炊，好不愜意。

他們的穿著打扮有印度式服裝也有現代服裝，從胸

前的數字來看，小數國和分數國的國民居多，也有不少負數國的數字，唯獨沒有整數。

她正觀察時，一隻手扶在她的頭上。

「這是幾點了？」9一面說著，一面打著哈欠。

「對不起，把您吵醒了。」高慧有點內疚。

「沒關係，我看看。」9四下張望，「人還不多，說明時間尚早，再回來睡會兒。」

「什麼人還不多呀？他們都來的好早啊，昨天晚上除了咱們一個人都沒有，這是怎麼回事呢？」

「都是起大早來佔位的。」

「佔位？」

「是的，數學國的城門每天早上九點半開門，想進城的朋友都要排隊接受檢查才能進入，平時到無所謂，但是今天早進城就能早點兒到比武場，搶前排的正面的好座位。即使是來得早了也不冤枉，在這裡吃吃玩玩，一樣是快樂的時光。」

「原來是這樣，一會兒人更多囉？」

「數山數海。」

「那我們怎麼辦？要不要我先過去排隊？」

「你就放心吧，回來睡覺。」9一臉的不屑。

雖然心中不解，但高慧還是回到帳內，沒一會兒，鼾聲又起。

第二次睜眼時，睏意全無，精神抖擻。

身旁的7仰望著上方發呆，遲遲不想起身，而9已經開始梳理打扮。

「太陽曬屁股啦！」8一面喊著一面拍打帳篷。

「就來。」9一躍而起，鑽出帳外，「你們也快點。」

高慧跟著出來，又是一聲驚呼，數學城外宛如拔地而起另一座小鎮。城門外擠滿黑壓壓的人不說，中間夾雜著各式簡易廣告招牌，販賣水果、烤肉、快餐、衣服、皮帶、靴子、寶石、啤酒，無奇不有。數字們有買有賣，歡聲笑語，高慧好想參與其中。

「一會兒小心你的錢包。」6看出她眼神中的嚮往。

8已經去前方買到豐盛的早餐，眾人圍坐一團，吃得津津有味。

席間，陶雷有些擔憂：「這麼多數字，一會兒我們要排好久的隊才能進去呀，你看城門口處已經排出幾條

長龍了。」

「小伙子，別擔心，你看看排隊的有沒有正整數？」

陶雷搭眼一瞧，還真別說，一個都沒有。

「因為正整數是數學國的原住民，所以每次開放城門排隊檢查都有兩條通道，一條是給諸侯國的數字通行，另一條是正整數的快速通道，一會兒咱們直接到門口去。」8說得洋洋得意。

「那咱們可以第一個進去啦！」想到能坐在會場最前排，高慧更是興奮。

「那還用說，誰還敢在咱們前面。」8的嘴都快咧到後腦勺了。

6皺皺眉，望著8思忖了一下，最後還是沒有說話。

「哐！」一聲清脆地鑼響，城門緩慢地打開。從裡面走出四個數字，看胸前分別是101，202，505和909，他們兩兩一組開始準備工作。

人群開始騷動，還在吃喝的數字們停止了娛樂，趕快在門前尋找隊尾迅速排上，很快便在廣場上出現一條巨龍。

等7喝完最後一口牛奶，他們大大咧咧徑直晃到門口，只見101和202守住一邊，旁邊掛著牌子寫著「數學國民」四個字，而505和909旁的牌子上寫著「外地訪客」。

他們站在101和202的面前，只等銅鑼聲再次響起，安檢放行。

「不好意思，前面的請讓一讓。」身後有人喊話。

六個人回頭觀望，是一個頭戴紅色帽子的小個子，看他面相是成年人，但是身材大小卻和陶雷無二。

「你說什麼？」高慧沒聽清。

「我說，呃……我的意思是叫你們去後面排隊。」小紅帽態度還是很禮貌的。

「什麼？你有沒有搞錯啊，矮個子大叔，是我們先來的好不好，你應該在我們後面排隊才對。不過如果你有急事，我可以讓你走在我們前面。」高慧很驚異。

「不光是我一個，我後面的二十三個數字也都要和我一起到前面。」小紅帽面帶歉意但毫不退讓。

再往後看，5.06、8.75、-99、-57、$\frac{1}{2}$、$\frac{1}{2}$等等一串數字排在他後面。

「你看錯了吧，他們不是正整數，不可以走這邊。」陶雷現學現賣，說完扭頭看著8，預計會得到一個肯定的眼神，可是卻看到他一臉尷尬，頭上冒汗。心頭頓生疑惑。

6過來一手拉著陶雷，一手拉著高慧說：「好啦，我們往後走」

「憑什麼呀！咱們先來的，為什麼要讓他們插隊。」陶雷很不滿。

「不行，你得說出個理由，不然我不走，剛才8哥哥還說我們肯定是第一呢。」高慧噘著嘴。

「你看看他是誰？」7趕緊解釋。

「他是……」紅帽子上面並不是數字，而是一個數學符號( )，高慧的中文雖然溝通沒問題，但是遇到這種專有名詞就沒辦法了。

「括號。」陶雷說。

「是小括號。」9補充。

「你們知道數學運算的順序嗎？」6問。

「當然知道了，先做乘除法，再做加減法。」

「那如果出現小括號呢？」

「先做小括號裡的。」

「那就對了，所以在數學國只要小括號在，就一定是他優先。」

「小括號帶了那麼多數字！一點兒都不小。」高慧明白了，但還是嚥不下這口氣。

「真的不好意思，幾位。」小括號紅光滿面，「今天我開張做生意，只要交一千五百塊就可以進到我的括號裡，進城以後連消防車都得讓著我，比武場保證前排。你們六位要加入我們嗎？」

「一千五！好貴啊！便宜點行不行。」陶雷順口接話。

「不行，數學國一年就只有一次比武大會，一分錢都不能少。」

「算了，咱們讓路吧。」他們悻悻而去。

數到第二十四個數字後面，他們站定，各自心中鬱悶，尤其是8，剛才誇口說了大話，現在都不敢看同伴們的目光。

「不好意思，前面的請讓一讓。」身後又有人喊話。

大家脆弱的神經再次被觸碰，回頭看去，是一個體

型和6差不多的大塊頭，頭上戴著一頂黃帽子，帽子上畫著[ ]。

「你想說什麼？要我們去你後面排隊嗎？我們已經讓過一次了，不會再讓別人插隊了！」高慧大叫起來。

「不是我要去你們的前面，而是我和我後面的五十二個數字都要到你們的前面。」中括號也是面帶歉意卻毫不退讓。

「你又不是小括號！」

「是的，我是中括號，在小括號的後面就該是我了。」

高慧看看陶雷，陶雷解釋說：「數學運算裡如果有小括號就先做小括號裡，所有小括號裡的運算做完然後做中括號裡的。」

「說的沒錯，真不好意思，幾位。」中括號喜上眉梢，「今天我開張做生意，只要交一千塊就可以進到我的括號裡，進城以後連紅綠燈都得讓著我，比武場保證中前排。你們六位要加入我們嗎？」

「而且今天沒有打折」陶雷戲謔道。

「你怎麼知道。」中括號點頭。

「不和你爭了，我們走。」一行人默默走到五十三個數字後面。

隊伍開始向前挪動，小括號帶領的數字已經陸續接受檢查，有一部分已經進城了，更是讓兩個小朋友心情煩躁。

「不好意思，前面的請讓一讓。」身後再次有人喊話。

「我就知道還沒完。」陶雷反而開始興奮了。

轉身望去，是個兩米多高的巨漢，身形極為壯碩，頭上戴著一頂藍色帽子，上面畫著{}。

「你的名字叫大括號！把中括號裡的運算做完就該輪到你了，所以你在中括號的後面。今天你開張做生意，只要交五百塊就可以進到你的括號裡，進城以後連警察都得讓著你，比武場保證中排。我們六位要不要加入他們嗎？即使是六個人今天也沒有打折，因為數學國一年就只有一次比武大會，所以一分錢都不能少。」陶雷連珠炮般說出一大串。

「你是讀心島的島民嗎？怎麼我心裡想的什麼你都知道。歡迎歡迎，你的嘴巴很好看。」大括號被唬住了。

「直接告訴我們你現在括號裡有多少數字吧。」

「一百零七個。」

「好的，很高興認識你，再見。」陶雷頭也不回的走在前面，越過一百零八個數字站到隊尾。

「大括號後面該誰了？」高慧笑個不停，一連串的被插隊搞得她已經怒極反笑，陶雷最後的對話更是讓她叫絕。

「沒有了。」他看看四個數字。

他們點頭肯定，8看到氣氛反轉過來，也舒心一些。

「真的沒了？」高慧倒是更期待有什麼特殊符號出現。

「真的沒了。你不生氣了？」

「不生氣了，而且覺得很有收穫。以前做數學運算的時候經常會有先後順序錯誤，只是記得乘除優先，括號就丟在一邊。今天雖然要多等一陣，但是看著前面的隊伍，小中大括號的運算順序我再也不會搞混了。」

後面不但沒有奇怪的數學符號，連一個數字也沒有。換言之，還在數學城外的正整數就只有他們四個。

「其他的正整數都在城裡？」陶雷發覺異樣。

「是的，只有我們幾個出來工作。」

「什麼工作呀？」高慧好奇。

「每年分數國、小數國、負數國都要朝聖進貢，而作為回禮，數學國每年也要分發一些禮品給諸侯國以示友好。這次就輪到我們四個出行，作為使節給各國派發禮物。」8搶著解釋。

「聽起來很有趣，你們都送什麼了？」

「今年給分數國送了十把快刀，給小數國送了十斤豆子。」

「為什麼送刀子？貌似不是很吉利吧，有一刀兩斷的意思。」陶雷小聲說。

「不會的，分數國民最喜歡把東西平均分成很多塊，十把快刀讓他們切得更方便，你不知道他們有多開心呢。」

「那豆子又是什麼寓意呢？」

「豆子倒是沒有特別寓意，只是和小數點長得很像，他們看著就喜歡。」

「對了，還沒說負數國呢。」

「我們從負數國拿了十盒珍貴藥材回來。」

「等一等，不是你們去派送禮物嗎？怎麼反而從負數國拿東西了呢？」兩人都心生疑雲。

「哈哈，因為他們是負數國呀，我們入鄉隨俗，送他們負十盒珍貴藥材。」

「哦，負數國和其他國家都是反著的，所以拿就是送！」陶雷先反應過來。

「等到來數學國進貢的時候就該他們選禮物回家了。」8咧嘴大笑。

「數學國真的好有趣。」高慧也反應過來。

因為聊著天，隊排的很快，轉眼到了城門口。

101和202依次查看了所有人的行李，嘴中嘟噥著沒有，然後放他們過關。

「他們說什麼沒有？」高慧問。

「沒有違禁用品。」

「什麼是違禁用品？」

「沒有牌照的武器。」

「沒有牌照？那就是說有的武器有牌照了？」

「沒錯，在數學國有『武器法』，任何有資格的數字都有權利購買武器，但是必須先辦理武器證，才能購

買。」

「什麼是有資格的數字呢？」

「沒有偷竊搶劫記錄，沒有酒後失德記錄，沒有詐騙記錄，沒有賭博記錄，沒有公眾場所抽煙記錄的數學國民都有資格辦理武器證，來保衛數身安全。」

「有一次都不可以？」想到曾經在漢字國的賭博經歷，陶雷探詢。

「數學國的法律非常嚴格，只有沒有任何不良記錄的數字才能有資格持武器保護自己，如果讓心地不純正的數字拿到武器豈不是助紂為虐？」8說得非常堅定。

「說得有道理。」陶雷冒著冷汗躲開8的目光，向前方環視。

已進入城內，腳下一條鵝卵石鋪成的大路直通前方，一座座二層小樓分列兩旁，雖然色彩不同，但樣式卻都頗為相似。一層三米多高，而二層只有兩米左右，一層圓拱形的大門與落地窗，二層則是田字窗，上面豎起若干個尖狀穹頂，並沒有大的令人震撼，也沒有小巧精緻，更沒有別出心裁，只是最簡單的幾個形狀堆疊，卻叫人看得舒心順暢。

樓高一共大約五米，一層三米左右，也就是在五分之三的位置分割，五分之三等於0.6和黃金分割數的0.618很接近，「看來是在蓋樓之初請教了Φ的審美。」陶雷暗想。

路上人流如潮，不用問路，跟著大隊人龍便知比武場就在正前方。賣小喇叭、坐墊、螢光棒、加油棒的沿街叫賣，看來今天的生意特別好。

「我們也都去過漢字國。」6從陶雷的眼神中讀出了比較。

「啊，漢字國，上一次去是十年前的惑瘋大陸盛典，我一直認為漢字國的城市造型更像是數學國，一個正方形被均勻地橫豎切成若干塊，簡直就是完美的平方方陣。」8是2的立方，因此對於「冪」有關的東西格外敏感。

「喂，對數學國有點信心好不好，我們的城市可是被分為八塊喲，和你最搭配了。」7噘起嘴，一副不服氣的樣子。

「數學國是怎麼劃分的呢？」高慧來了興趣。

「數學國是一個圓，位於圓心的是我們要去的比武

場，再以比武場為中心向正東、正西、正南、正北、東南、東北、西南、西北各延伸出一條大道，直通各自方位的城門，城市被八條主路劃分成八個全等的扇形，我們現在正是走在正南大道上。」9耐心解釋。

「哦，我懂了，就像在披薩餅店被切成八份的披薩！」高慧脫口而出，換來八隻滾圓的白眼。

當隱約地能聽到吶喊聲時，遠端出現一隻米色的巨型雞蛋，蛋殼並非完整無損，上方呈現不規則的犬牙交錯，彷彿被小雞頭冠頂破，陽光由此可以直射入場地中央。蛋殼牆壁都是由優質的大理石砌成，在朝陽下熠熠生輝，頗為華貴。

「好漂亮的巨蛋比武場，看起來要花很多錢才能建成，不過太華麗了，和周圍的建築都不相稱。」陶雷嘟囔著。

「在多年以前，城市中央是一個小型的巨蛋比武場，和數學國的規模完全匹配，後來我們發展的愈來愈好，生活富足，便想重新修葺，於是大家決議將比武場推倒重建，擴增規模，就有了現在新的大巨蛋角斗場。」9一臉幸福。

「這麼說你們很早就有比武場了，原來數字們都很好鬥呀。」高慧撲捉到了其他信息。

「有城郭之前我們經歷了長時間的野外生存，為了保護生命不得不常常與野獸搏鬥。我們建造比武場讓大家比武較量，提醒數字要不斷磨礪自己，不忘歷史，同時也成為平日的娛樂活動。後來在城市生存的時間愈久，戰鬥的意識愈薄弱，比武場被用來舉行運動比賽、演唱會、戲劇表演、投票大會等等，真正的比武大會每年只有這一次，作為傳統保留節目。」7參與了大巨蛋的設計過程，因而說的頭頭是道。

被人潮推著，他們擠進了比武場。第一天上午是騎士單人對決，賽場中央插好一排齊腰木欄杆，為南北向，確保兩邊選手都不會直視陽光。場地內圈是選手休息席，觀眾席被分為三段看臺，坐北朝南的第一段看臺中間又特地搭了遮陽棚，顯然這是國王及重要人士觀賞的貴賓包廂。

場地西緣立起一個槍靶，十多個頂盔摜甲地數字輪番催馬衝鋒練習衝刺，靶子一端地盾牌已被戳得稀爛。

第一段觀眾席已經坐滿了人，第二段的東西兩端

還留著不少空位，第三段只是正南正北稀稀落落坐了觀眾。

「不是看陽光就是要坐山頂了。」高慧心情不悅。

「呵呵，我可不是大話精，跟我來。」8裂開嘴笑著。

他帶著大家饒了半圈，徑直走入遮陽棚下！

「我們是VIP！」兩個小朋友大叫。

包廂正中央空著四張蓬鬆柔軟地沙發，右手邊一排長椅上穩坐七位老者，他們皺紋堆壘，白色鬍鬚與頭髮連成一體，面容清癯，目光銳利。七個人統一著裝，白色體恤衫打底，外面用一塊長長地橢圓形綢布裹住左肩和腰身，綢布邊沿有豔麗地紫紅色鑲邊，可及小腿，看似只有右手能夠自由活動，腳下穿著一種鞋底用帶子以固定間距圍繞至腿部的涼鞋。

6789依次排開，集體向七位老人鞠躬致敬，老人們微微點頭以示回應之後他們才敢在沙發左邊的長椅上落座。

「他們是誰呀，穿的衣服看起來好麻煩，走路吃飯都不方便。」高慧怯生問道。

「噓，那種衣服叫托迦，確實不方便，他們只是參加重大活動才會穿。」7小聲回答。

陶雷又偷眼望去，幾位老人的托迦上分別寫著I、V、X、L、C、D、M。聯想起自己的手錶上也有I、V和X做數字，而剩下的四個就想不出和數字有什麼聯繫。

「他們是先民，是數學國的智者。」9掰過陶雷的頭，叫他收回目光。

轉頭望向比武場上，初陽下微風拂過揚起的沙塵清晰可見。幾位待戰的騎士牽著馬走回休息區，脫掉頭盔，擦拭髮稍的汗珠。大部分騎士還是在一次次衝刺中檢測戰馬的狀態以及手感。

開戰後，他們會在眼前的賽場中心交鋒，無疑這裡是全場最佳觀賞位置。

四聲號角響起，人群中爆發熱烈的歡呼雀躍聲，所

在羅馬數字中I=1，V=5，X=10，L=50，C=100，D=500，M=1000。羅馬數字比阿拉伯數字早2000多年，通常只做認讀，不能運算。

有人的視線集中在了國王包廂。

除了那七位老者，幾乎所有人都站起來，陶雷和高慧也跟著起身，只見旁邊一人一面向全場觀眾揮手一面向沙發走去。此人身高大概一米七五，面如冠玉，唇若塗脂，細眉長目，方鼻闊口，兩隻耳朵大的出奇，似乎自己都可以看到，下頜留著一縷鬍鬚，身形勻稱，散發出一團和氣，胸前寫著「＋」。

他走過左邊長椅時小聲問8：「事情辦得怎麼樣了？」

「一切順利。」8滿面笑容。

「那就好，辛苦你們四個了，今天好好放鬆。」說著用手拍拍每個人的肩，6789精神都為之一振。

看到陶雷和高慧有些意外，然後衝他們笑一笑，沒有多問。

緊跟著的是一個瘦高個子，將近一米九五，面色通紅好似剛剛喝過酒，丹鳳細眼，臥蠶長眉，三縷長鬚直至胸前，一身傲氣，衝著全場觀眾抱拳施禮，透過鬍鬚，能看到胸前寫的「－」。

他經過的時候6789噤若寒蟬，大氣都不敢出。減法

大王目不斜視，看也沒看他們就走過去落座。

　　第三位比減法大王矮一些，也有一米八五上下，身材魁梧，黝黑如炭的豹頭，兩隻銅鈴般大眼，獅子鼻闊口，短鬍鬚與短髮都如鋼針般挺立，活像一顆仙人球，仙人球下寫著「×」。他高舉拳頭和大家打招呼，換回熱烈的回應，引得他哈哈大笑，笑聲如雷，偌大的比武場每一角落都能聽清，在他身旁的數字不得不堵住耳朵。

　　他入座時看到6789滿眼欣喜，「回來啦！」說著一拳搥在8的胸口。

　　別看8是大塊頭，一拳下去直接坐下，半天喘不過氣來。乘法大王笑的更歡樂，大喇喇走到沙發。

　　最後一個又要再矮一些，一米八左右，身形瘦削，面白如玉，一縷細冉，散發出儒雅的氣質，不怒而自威，胸前寫的是「÷」。陶雷和高慧交換一下眼神，總覺得這像是學校裡的某位老師。

　　他經過時順手揉揉8的胸口，也不禁偷嘴笑出來。

　　四位大王落座後，騎士們即刻停止練習，牽著馬走回休息區等候開戰。不知身在何處的主持人宣佈：「請

四位大王致開幕詞。」

「哦不！」陶雷默默將大拇指向下，擺出不滿的手勢，此時：我真誠地歡迎在場每一個人，感謝每位國民，感謝各國朋友到來，等等一系列囉嗦冗長的客套話在腦子裡轉圈。學校的運動會也是如此，比賽前校長、校監、主任、和幾個有頭有臉的管理層都要依次發言，眼睜睜看著球在眼前就是不能開始玩，受盡折磨，不知道這次要講多久。

四位大王同時起身，拿起桌上的麥克風。

加法大王：「難得兩天假。」

減法大王：「諸位不用怕。」

乘法大王：「我們少廢話。」

除法大王：「打！」

說完四人同時坐下。

觀眾傳來雷鳴般的掌聲與歡呼，久久不能停息，時間甚至超過了他們講話的時間。

陶雷手掌都拍紅了，如果以後的演講都是如此簡短而又有趣該多好？

主持人喊出每位選手的名字，他們牽著馬到遮陽棚

前停住，朝主席臺垂槍致敬，贏來數字們的陣陣尖叫。再兜回休息區，等候比賽。

數字23端著一個大碗走到臺前，碗裡裝著十六個乒乓球，球上寫著今天上午出場的每位選手的名字。

加法大王率先出手，閉著眼，然後同時拿出兩個球，宣佈第一組比賽的選手是45和54。

賽場又是一陣騷動，兩名騎士興奮異常，都要爭個頭彩，搬鞍任鐙，在兩端就位。

巨蛋比武場幾乎鴉雀無聲。

樂手一股氣，「嗡」的一聲，號角發出摧人心魄的音響。

「嗡嗡──」號角聲與曦色融匯在一起。

在萬千微塵中繚繞，在大氣中飛升，穿透蛋殼，直擊雲頂。

不久，號聲停止了。觀眾沒有發出任何聲響，餘音還在座位、牆壁、穹頂纏繞，響徹四周。

眨眼的工夫，靜默轉為雷暴般的歡呼。

兩隻馬刺催促著兩匹戰馬，八隻鐵蹄咣咣擊打過土地。

兩支長槍躍躍欲試，54和45在光影中迅速迫近。

剎那間，長槍並出，槍尖與盾牌擦出火星。

雙方繼續往前衝去，然後掉頭折返，準備第二回合。

當觀眾意識到雙方都擋住了對方的進攻，迸發出山呼海嘯的喝彩，這展示出選手們相近的不俗實力。

乘法大王探出身子，一面鼓掌，一面連連叫好。

54和45再次夾緊馬肚，大地在馬蹄下顫抖。

主席臺離賽場很近，陶雷和高慧聚精會神要撲捉交鋒的瞬間。

眼見54的長槍刺中45的盾牌，然後滑落在馬脖子上，戰馬被這一擊痛得立了起來，同時45的長槍結結實實扎中54的肩頭。

45被馬掀飛馬鞍，在空中滑翔三米才落地。

54被挑飛，斜著摔在地上，濺得塵土飛揚。

立時有數字幫忙把兩匹馬拉走，以防踩傷他們。

全場再一次鴉雀無聲，就連一直激動的乘法大王也只是張大嘴，瞪著眼睛。

到底誰贏了？

塵埃還未散去，沒有人直起身。

看來都摔得很重。

54和45都在蠕動著身軀，試圖減緩痛楚，能搶先起身。

「站起來！加油啊！」觀眾為他們加油吶喊。

又躺了一陣，54以單臂撐起上半身，坐在地上。45一骨碌身，�腿跪立。

「這是怎麼回事？」坐在地上的不是54！

陶雷和高慧簡直不敢相信自己的眼睛。

被挑飛坐在地上的是一個藍色皮膚的騎士，胸前寫著9，而另一邊還是45除了臉色因痛苦扭曲，沒有其他變化。

「45！45！45！」數字們不停地歡呼著他的名字。

加法大王立時拿起話筒宣佈：「第一輪，45獲勝！」

45在朋友的攙扶下站起來，揮手向大家致意，而場上的9則被醫務人員抬擔架帶走。

「這是怎麼回事？54變成9了？和你一樣了？」高慧問旁邊的9。

「因為他中的不是一般的槍，而是數學國的減法

槍。」

「什麼叫減法槍？」

「就是被減法大王施加魔法的槍。」

「哦？他還會魔法？」高慧側頭偷瞄減法大王一眼。

「是的，一把普通的長槍被他加持減法之力，就擁有了減法運算的能力。一個數字用減法槍刺中其他數字，當即就要發生運算。比如，我使用減法槍，就可以產生-9的效果，被我刺中的數字要即刻減去9。所以你看剛才一定是54被45刺中，54是被減數，產生-45的效果，54-45=9，因此變成和我一樣的9。」

「那他為什麼變成藍色？他會一直是9嗎？」陶雷追問。

「如果一個數字被數學武器打中，就會變更數字，如果變成比自己大的數字，那就會全身發紅，體溫升高、出汗、呼吸急促、頭暈眼花；如果變成比自己小的數字，那就會全身變藍，體溫降低、哆嗦、渾身乏力、頭暈目眩。沒人幫忙的話會持續二十四小時才能自動還原。所以數學武器在數學國不能輕易使用，只是有牌照的數字才能攜帶，咱們在城門口過關時檢查的就是這

些。」

「原來是這樣。剛才他們雖然是雙雙落馬，但是從顏色和數字上能判斷出被刺中的是54，所以勝利者是45。」高慧懂了。

再看45沒有直接回到休息區，他走到54的旁邊，從腰間拔出寶劍，在54的右臂輕輕削下去，頓時54膚色好轉，人也精神了。

54主動和45握手，人群中又爆出掌聲。

「這是？」

「那是加法大王加持過的加法劍，這一加一減，54不就還原了嘛。當然，並不是每個數字都有風度這麼做。」

「還有什麼武器呢？」

「有加法劍、減法槍、乘法錘、除法鞭，和一些稀有武器。」

第二個抽籤的是減法大王，他一閉眼，隨手拿起兩個乒乓球宣佈第二組比賽的選手是分數國的 $\frac{7}{10}$ 和小數國的0.7。

場下一片嘩然，冤家路窄，棋逢對手。

「0.7和 $\frac{7}{10}$ 是不是一樣的？」高慧小聲問陶雷。

「對，他們的數值是相等的，只是表現形式不同。」

兩位騎士對望苦笑起來，然後走過去擁抱彼此，在耳邊不知說了什麼，最後上馬來到賽場兩端。

觀眾的熱情更為高漲，號角過後，兩匹駿馬呼嘯而至。

陶雷注意到他們沒有像45和54那樣放平長槍，卻將槍桿放低，槍尖上揚。

兩馬交錯的瞬間，兩人同時出手，槍尖刺向對方的頭顱。

看到來勢，也都下意識低頭閃躲。

「鏗」地一聲，兩人都將對方頭盔上的紅纓挑落下來。

二人的想法、出手、判斷竟是百分百的相同！

「好看！」吶喊聲比第一場大得多。

0.7和 $\frac{7}{10}$ 調轉馬頭再戰。

在接下來的十一個回合中，雙方的出招又是出奇地一致。

就像是和鏡子裡的自己交手一般，誰能打敗自己呢？

這時已沒有觀眾坐著看比武，全都激動的起身尖叫。

每一次交鋒都要消耗極大地體力和精力，即使是最後一排的數字也能看出他們都吁吁帶喘。

第十三次衝鋒，從漲紅的面頰和幾乎直立的雙腿能看出，這是要捨身飛撲向對手的架勢，誰也不想繼續纏鬥下去，最後棄馬一槍定勝負。

比武場窒息了。

就在即將靠近的瞬間，$\frac{7}{10}$ 的坐騎前蹄一軟，跪倒下去，把主人扔向0.7的槍口。

0.7並沒有藉機出手，反而扔掉長槍，雙手張開把 $\frac{7}{10}$ 穩穩抱住，再放慢馬速，把他扔到地上。

「換匹馬再戰，我不乘人之危。」0.7頗有風度。

「君子！大丈夫！」場內一片叫好，一向沉默寡言地減法大王都稱讚連連。

「不用比了，你的騎士精神令我佩服，祝你下一輪好運！」$\frac{7}{10}$ 放棄比賽。

餘下的半天都是如此這般度過：大王抽籤，騎士一對對出場，號角吹響，戰馬衝鋒，群眾嚎叫，長槍刺在

身上，一個數字顏色更變。淘汰八個數字，剩下八個數字晉級第二輪。

　　沒有午間休息，小商小販在過道間叫賣午餐、零食、啤酒和飲料，價格比往日不知高出多少倍，在場的卻沒有人吝惜，一年一度，只為盡興。

　　最後的決賽在-13和 $\frac{2}{99}$ 之間產生，此時太陽已然西斜，兩具銳利的影子被拉得更加鋒利。

　　所有的正整數都被淘汰，若非打出史詩級對決，觀眾絕不買賬。

　　第一次交鋒就如電光火石，兩挺減法槍整齊地折斷，騎士雙雙落馬。

　　$\frac{2}{99}$ 一手握盾，一手從腰間拔出加法劍衝向-13揮砍。

　　-13沒有迎擊，反而扔下盾牌向後方逃竄。

　　「懦夫！膽小鬼！不！」場內噓聲四起，無數大拇指指向大地。

　　扔掉盾牌的-13更加輕盈，$\frac{2}{99}$ 氣勢如虹卻始終追不上來。

　　-13一面奔跑一面回頭觀望。

　　「有種別跑！」$\frac{2}{99}$ 在觀眾鼓舞下血氣上湧，咆哮著

追擊。

「愚勇。」陶雷聽到身旁不知是誰說道。

再看-13似是體力不支，愈跑愈慢，$\frac{2}{99}$和他距離正在拉近。

「砍他！揍他！」$\frac{2}{99}$獲得全場觀眾的支持。

眼見還有三步就追上了，$\frac{2}{99}$已經舉劍空中。

-13猛然回身，順勢從腰間甩出長鞭！

除法鞭的長度大約是加法劍的三倍，後發而先至，捲住$\frac{2}{99}$的小腿。

$\frac{2}{99}$頓失重心，一個踉蹌栽倒在地，-13迅速拔出加法劍，橫在對手脖頸之上。

$\frac{2}{99}$只得拱手認輸。

全場噤聲。

「比武不光用力氣，要用腦子。」除法大王喊出聲來。

繼而山洪般的掌聲。

決賽遇絕殺，精彩之極。

等頒獎完畢，日落西沉，除法大王宣佈今天的比武結束。

負數國民喜氣洋洋，上一次負數贏得冠軍頭銜還是十一年前。

最失望的只有分數國民，離勝利只差毫釐。

在歡呼與咒罵聲中，人潮湧向四個出口，霎時空蕩的看臺與零星的垃圾映出狂歡後的落寞。

上座的七位老人家在半決賽之前就已經先行離開了，似乎對比賽的過程和結果毫不在乎，應邀出席才是唯一目的。

包廂中只剩下他們和四位大王，除法大王看看6，示意他講述出使經過。

「一切都順利，分數國和小數國都對禮物非常滿意。」6清了清喉嚨匯報。

「帶什麼回來了？」乘法大王很期待。

「十盒珍貴藥材。」

「外加兩個小朋友？」加法大王指指陶雷和高慧笑著說。

「不是啦，他們是我們在路上遇見的朋友。」都知道這是在調笑。

被點了名，陶雷和高慧匆忙上前自我介紹：「我叫

陶雷，我是臺灣人，她是我的好朋友高慧，波斯人。很高興見到你們，請問老頭兒在數學國嗎？我們在惑瘋大陸上呆了很久，該回家了。」

「老頭兒？真不巧，他剛走。」除法大王一副遺憾的表情。

「什麼？！」

「就在昨天晚上，他幫我們準備好今天的比賽會場就走了。不過不用擔心，幾天後他一定會在漢字國的盛典中出席。」加法大王安慰他們。

「不是吧，我們就是從漢字國過來的，一國王說他會在數學國。」陶雷耷拉著腦袋，開始不高興了。

「你們就晚了一天，他前幾天確實在這裡，不過這就是緣分，既然來了，就在數學國參觀一下，好好玩玩，大後天我們一起走，去漢字國。」乘法大王摸著他的頭豪邁地說。

「你們幾個這兩天帶他們好好逛逛。」減法大王也插嘴。

「只好如此。」高慧一臉失望。

禍從口出

　　天光未闇，燈火未明，屋內略顯昏暗。從窗口投射來的殘陽餘輝，投落在那因昇華而霧氣繚繞的冰茶面上，映襯出兩張懊喪的年輕面孔。

　　萬物樓內一片喧鬧，比武結束後數字們紛紛找飯店就餐，這數學國內第一大飯館自然人滿為患。朋友相見的噓寒問暖，意猶未盡地推杯換盞，最多的還是對之前比賽的熱烈回顧，飯廳內溢滿一股歡快熱鬧地氣息。

　　在陶雷和高慧聽來卻是如此聒噪，明明從漢字國乘風破浪披荊斬棘來到數學國，不但沒能回家，還要再舊地重遊返回一次，即使有四位新朋友一起作陪，還是很難開心起來。

　　「別想那麼多了，我們數學國可是很值得一玩的呀，過兩天咱們一起走，送你們回家。現在肚子餓了吧，來看看菜單，你們儘管點菜。」9把菜單遞給高慧。

　　禮節性地翻了幾頁，高慧就又是一肚子氣，上面除

了零星地幾副照片外，都是漢字，沒有英文翻譯，煎炒烹炸再一次向她展示出不友好。她順手交給身邊的陶雷說：「你點。」

沒能及時回家，期末考試一定是全部泡湯，只能等補考了，陶雷心情跌入低谷。看都沒看就把菜單甩回給高慧說：「我不餓。」

平白無故當了出氣桶，高慧也不甘示弱，又把菜單推回去昂著頭說：「我不認字。」陶雷也知道自己為什麼生氣，並不想遷怒於高慧，但是滿腔怨氣無處釋放，藉此契機衝著服務員高喊：「來一盤豌豆炒肉末。」

怒氣所致，聲音竟然壓過全場的食客，每個人都聽得到他說的什麼，瞬間寂然無聲。

繼而，竊竊私語，互相求證著他究竟說的是什麼。

6789個個面露驚色。

陶雷心情不佳並未觀察到朋友們的反應，還以為剛才太吵服務員聽不清他要的什麼，於是又猛喊了一遍：「一盤豌豆炒肉末！」

身邊一片嘩然，驚恐、興奮、憤怒、惋惜的神色出現在不同的面孔上。

　　陶雷有些懵不知說錯了什麼，瞅瞅高慧，她也是一臉茫然。

　　這時一個身影從後廚快步走出來，那踏步聲重的所有人都聽得見。

　　此人身形高大壯碩，兩肩斜斜沉下去，腰桿筆直，細眉大眼，高挺地鼻子，薄嘴唇，大耳朵。因為天熱只穿了一件無袖背心，兩條手臂上皆有刺青，左邊大臂紋著一個捲髮老人頭像，而右邊大臂則是一個正五邊形內鏈接著一個五角星。他背心上寫著大大的1字。

　　「剛才是誰說的？」他一臉嚴肅，面沉似水，目光冷峻，內含殺氣，氣勢逼人。屋裡的人整齊地轉頭望向陶雷他們一桌。

　　8連忙站起身打圓場說：「不好意思，不好意思，小孩子不懂規矩說錯話了，還請不要計較。」

　　陶雷更是心中納悶，只不過是點個菜聲音大了一些，身邊的人都怎麼了？8還要這麼謙卑的去道歉，於是站出來說：「是我說的，怎麼了？」

　　1闊步走向他們，盯著陶雷問：「你可知道這是什麼地方？」

「萬物樓，既然敢叫萬物樓必然什麼好吃的都有呀，我說豌豆炒肉末有什麼不對的？你們是沒有豌豆還是沒有肉末還是沒有這道菜？何必大驚小怪。」陶雷說話也不客氣。

1重重地歎了口氣，說：「萬物樓可不是什麼東西都有的樓，取自我們畢派祖訓『萬物皆數』；萬物樓裡沒有肉，因為人類只要屠殺動物，就會屠殺自己，播下痛苦和殺戮的種子是收穫不到愛和快樂的。」

「原來這裡是素食飯店，我剛才沒有仔細看菜單，抱歉。」陶雷聳聳肩。

「還有，萬物樓裡也不會有豆類食物出現。」1稍稍舒緩了臉色。

「什麼？連豆子都沒有！」高慧不禁喊出聲響。

「你們這是哪門子飯店啊，還有什麼能吃的呢？」說著陶雷重新翻看菜單「都是蔬菜和菌類。」

6攬住1的一隻胳膊，滿臉堆笑道：「對不起，對不起，我們來之前沒有和新朋友說清楚，這事怪我，都怪我。」

「帶肉類或豆子進入萬物樓是對我們畢派的極大不

尊重，要接受嚴重懲罰，公開討論肉類或豆子的也要受到懲罰，他們在我的飯店裡把兩個忌諱都破了，但是考慮到不知者不怪，我會從輕發落。剛才為肉道過歉了，現在還要為豆子道歉。」1依舊不依不饒。

陶雷站著沒說話，也沒動。明明是無心之過，卻要當著大庭廣眾之下給人道歉，心中很是不甘。

7和9湊到他身旁扶著他的肩小聲嘟囔，期盼他快點擺脫窘境。

在眾人的眼神中，他最終還是小聲說了對不起，然後憤憤地坐下。

1平和了心態，頓了頓說：「你們趕緊點菜吧，雖然菜種不多，但是廚師手藝還是很棒的。」

高慧好奇心重，問道：「你剛才說的萬物皆數是什麼意思？畢派又是什麼幫派呢？」

「我們畢派的鼻祖叫做『畢達哥拉斯』。」說著，他抬起左臂，展示那捲髮老人頭像的刺青，「來訪數學國的朋友千千萬，他是其中最睿智的一個。我們崇拜畢達哥拉斯學說的人組成了畢達哥拉斯學派，簡稱畢派。他認為整個宇宙都是由數字所組成的，數字才是萬物的

本質，既萬物皆數，這是我們的教義精華，我也根據這個給飯店取名。」

　　其他食客發現這裡已經風平浪靜，1開始講畢達哥拉斯，都索然無味地自顧自開始吃飯，飯店又恢復了喧鬧。

　　1卻興趣正酣，似乎一說起畢達哥拉斯就有說不完的話，又接著說：「畢派的門徒都會在左右胳膊上刺青，一邊是他的頭像，另一邊是我們的派徽；入會之後要嚴格遵守教義，不但不可以吃肉，還：

　　不能吃豆子，

　　東西落了，不能用手撿起來，

　　不能碰白公雞，

　　不能擘開麵包，

　　不能邁過門閂，

　　不能用鐵撥火，

　　不能吃整個麵包，

　　不能招花環，

　　不能吃心，

　　不能在大路上行走，

房裡不能有燕子，

不能在光亮旁邊照鏡子。」

「這都是些什麼奇怪的規矩呀？看來他也是個怪老頭，他做什麼厲害的事情了，你們那麼崇拜他？」

「那可就太多了，他把自然數區分為奇數、偶數、質數、完美數、平方數、三角數和五角數等等。」1說得一臉自豪。

「原來就是他呀，怪不得我們數學課要背那麼多概念。」高慧撇撇嘴，不是很滿意。

「不止這些呢，他還發明了『畢達哥拉斯定律』。」1的驕傲溢於言表。

「那是什麼？」

「來看圖。」1用筷子和勺子在餐桌上擺出一個直角三角形，「你看直角三角形的三個邊，其中最長邊的平方等於其他兩個邊分別平方的和；假設長邊為c，另兩邊為a和b，那麼$a^2+b^2=c^2$。」

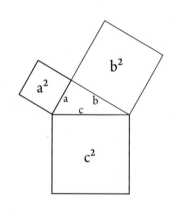

「我學過，這是商高定理！」陶雷大呼。

「商高定理？」1面露疑惑。

「對！是西周時期商高發明的！」陶雷一口咬定，這是歷史課和數學課都學過的內容，所以記得特別牢。

「胡說！商高是個什麼東西，偉大的畢達哥拉斯在兩千五百年前就發現了！」1一拍桌子，嘶聲狂吼，兇狠的目光彷彿要殺死陶雷，這又引起全場食客的圍觀。

「西周是公元前一千年，所以商高三千年前就發現了，比畢達哥拉斯早五百年。」陶雷驀然站起，毅然迎受著他犀利的目光，毫不退讓。

「敢公開侮辱畢達哥拉斯，你要付出代價！」

爆吼間，1聚全身之勁力，挾帶著滿腔憤怒，揮出右拳猛擊陶雷的頭部。

全場一陣驚呼，只見陶雷由站姿轉為坐在椅子上，並且向後滑動了兩三米才停住。1的拳頭力已發盡，但還停留在半空中，腰部被8死死抱住。

陶雷臉色蒼白，毫無血色，坐在椅子上不知所措。

在場的只有近距離幾個人看得清楚剛才發生的經過：

1右拳擊向陶雷頭部。

8從側面抱住1的腰部。

拳頭在離腦袋幾釐米的地方停下來。

陶雷猛見四節手指奔向眼前，嚇得向後倒退。

膝蓋彎兒碰到椅子坐下來，餘力搓著椅子向後移動。

1試圖再次攻擊陶雷，6也插手和8一起合力抱住他不能向前。

高慧慌亂中把手裡的筷子扔向1，然後跑過去看望陶雷。

屋內的眾食客也都紛紛反應過來，跑過來形成人牆把雙方擋住。

1很快便情緒平穩，但還是被眾人圍在當中，生怕他再次鬧事。

6789脫開身，回來查看陶雷，幸好只是被嚇到，並無大礙。

「咱們不吃了，這是什麼邪教啊，動不動就要打人，快點走吧。」高慧氣鼓鼓地說。

9仰頭環視四周，苦笑一聲。

「今天誰也走不了了。」

◆

傳來宏亮鐘聲時，幽藍月華已傾灑在數學國的每一吋土地。

這正是酒足飯飽，沉醉於宵夜和夜生活的時候。

上一次聽到鐘聲還是數百年之前。

那口銅鐘位於巨蛋比武場的北部頂端，歷來很少敲響。但是數學國的每個人都知道鐘聲的意義——數學國有人觸犯法律，緊急召集所有公民公開審判。

在千年以前，四位大王認定愛與和平是數學國的發展理念，在城郭之內不可非法攜帶武器，不能私自械鬥，不允許流血衝突。如果有矛盾產生，需向四位大王稟奏，在全國公民的見證下進行調停和解。如果未經審判私自鬥毆將會受到法官判處的刑罰。

一炷香的時間，茶館酒肆，勾欄瓦肆，甚至街道上都空無一人。

趁著一年一度比武大會做生意發財的數字們個個扼腕嘆息，白白浪費大好商機。

但卻又同樣地興奮，畢竟鐘聲已經幾百年沒有敲

響了。

比武場被填得滿滿，在上百只火炬的照耀下，映出枯黃地微光。場地內，夜氣流竄，猶如淘氣的幽靈，在人群中穿梭，時不時給酒勁未醒的朋友一點刺激。

萬人匯聚，卻萬籟俱寂，全場壓抑著一股凝重的氣氛。

四位大王坐在場中央，加法大王連連搖頭，減法大王一臉嫌棄，除法大王暗自盤算，唯有乘法大王欣喜若狂。

在幾個數字的看守下，陶雷和高慧站在一旁，和1面對面。

「堂下三人，你等可知罪！」除法大王率先發問。

「不知！」三人竟是異口同聲。

「大膽刁民，目無法紀，尋釁滋事，還敢藐視公堂！」除法大王一拍驚堂木，朗聲喝道。

「我們何罪之有，找麻煩的是他，動手打人的也是他，要治就要治他的罪！」陶雷忿忿不平。

「是你先動手打人的嗎？」加法大王轉頭問1。

「是因為他們先在我的萬物樓裡說了肉和豆子，然

後他們還說發明畢達哥拉斯定律的不是畢達哥拉斯，這都是對畢教的侮辱和褻瀆！我派弟子必當以身護教。」1面不改色，義正言辭。

　　觀眾席上稀稀落落地傳來一陣叫好之聲，很明顯都是畢達哥拉斯的信徒，1聽到回應舉起右手臂，將五邊形展示給全場的觀眾，甚是驕傲。

　　「肅靜！」減法大王瞇縫著眼睛吐出兩個字，霎時安靜了下來。

　　「也就是說你承認動手事實，那麼來人驗傷。」除法大王依舊理性，身後數字55和76走過去檢查陶雷和高慧。

　　不多時，檢查完畢，「報告大王，兩人身體完好，沒有傷患。」

　　場下一片嘩然，強壯的1居然一點兒都沒有傷到兩個小朋友，這是怎麼搞的？

　　一直在場下次席的8趕忙上前說：「那是因為我及時制止了他，才避免了傷害。」「做得好，那他們有沒有還擊？」

　　「有！」

「你胡說！」陶雷大吼。

「你看我的頭，是被哪個女孩子扔筷子打破的。」1指著高慧說。

「去驗傷。」除法大王一揮手。在55和76經過的時候加法大王一個勁地衝他們使眼色，但是他們兩個並沒有注意到。

兩人戴上手套拿著放大鏡看了一會兒，「報告大王，1的腦門上有一塊破皮，傷口新鮮，應該是兩個小時之內所為。」

「高慧，你可曾向他擲筷子？」

「是他先動手打陶雷的，我才扔筷子的。」

身旁的陶雷心中一陣暖意，好朋友就要在危急時刻出手相救，不管前面有多大的困難。

「她確實扔了，也打到了。」下面還有幾個目擊證人，也在隨聲附和。

「不——」滿場的公民傳來鄙夷的噓聲。

「案情已經明朗，接下來我來公佈判決結果。」除法大王清了清喉嚨，立時四周寂靜無聲，都期待著如何處罰，「罪犯陶雷，在公眾場所挑起事端，雖然沒有參

與鬥毆，但是責任重大，不可推卸，判杖責五十；罪犯1，在公眾場所武鬥生事，雖然沒有傷害他人，但是意圖不軌，判杖責一百；罪犯高慧，在公眾場所打架傷人，你用哪隻手扔的筷子？」

她想了想說：「這有什麼分別嗎？」

「有的，快說。」

「我想應該是右手。」

「判砍掉右手！」

「砍掉我的手？」高慧驚呆了。

「砍她的手！砍她的手！」似乎是白天的比武沸騰了人們的熱血，又被夜間酒精助燃，看臺上空前整齊地吶喊。

「你們都瘋了吧！」陶雷竭力嘶吼。

「是他先挑起的爭端，也是他先動手打人，憑什麼對我的處罰那麼重，我不服從！我要求上訴！」

「我們的判決就是最終結果，上訴無效，但是你還有個選擇。」乘法大王喜上眉稍地說，「能否拯救右手，你自己決定。我們數學國還有一條規矩，就是任何受到指控的無犯罪記錄公民都有權利要求六芒審判。」

「六芒審判！六芒審判！」若說公開審判已是百年不遇，六芒審判更是接近千年沒有發生，沒有人不想目睹這一盛況。

唯有陶雷和高慧一頭霧水，道：「這是什麼？」

「這是比武審判中的一種，源遠流長，在數學國建城之前就有，很少使用。矛盾的雙方將命運交給上天，在六芒星上雙方各選擇六位數學國民交手，直到一方六個數字全部受傷為止，或者有一方認輸，勝利的一方將判無罪釋放。」

「或許只是你們想多看一場熱鬧。」陶雷看出乘法大王的臉上完全是好事者的興奮，「不過無論如何，高慧的手不能被砍掉，我們迎戰。」

「也就是說，我們兩個要和六個數字比武？」高慧有些失落。

「你們兩個誰都不可以出場，因為法律規定雙方出場的只能是數學國的公民。」

「那怎麼辦，誰來幫我們比武，幫我們證明清白？」

「如果你們是正義地一方，自然會有數字願意成為

你們的代理鬥士出戰，這就要你們自己去說服其他人了。」

「6789會幫我們吧，不過他們只有四個，要他們以四對六？」高慧小聲嘀咕。

卻沒逃過除法大王的耳朵：「不行，六芒審判必須是六對六，你還要再找兩位數字。」

兩個數字，陶雷心想，這和要我去找兩百個數字有什麼區別？我們進城連十二小時都不到，誰都不認識。「諸位大王。」他問，「假如我們找不到六個數字為我們而戰呢？」

乘法大王瞪大眼睛盯著他。「如果你是正義的一方，一定會有數字為你而戰，假如找不到人，自然證明你有罪，維持原判。」

六芒審判

夏蟬在夜晚的樹枝上，鳴啾數聲。

螢火蟲的微光不時地飛掠而過，像是在安撫走廊上的昏暗似的。

雜草散發出濃郁的氣味，融化在夜氣中。

六個人圍坐在庭院當中，垂頭喪氣。

這是8的住宅。

「不用擔心，這件事情上你們沒有做錯什麼，是他的反應太過度了，作為朋友，我不管其他人，我肯定為你們出戰。」沒想到，第一個表明態度的是7。

「別這麼說，見者有份，我們四個肯定會成為代理鬥士為你們出席六芒審判討回公道。」6不希望被小覷。

8和9點點頭，毫不猶豫。

「真的非常感謝你們的好意，我想先搞清楚畢教到底是怎麼一回事呀？那麼激進。」陶雷充滿感激。

「惑瘋大陸上素來存在著許多不同的教派，解決溫

飽問題之後，大家都很想搞清楚我們生長的世界從哪來的，是由什麼組成的，生物國的一些人認為世界是由細胞組成的；化學國的大部分人認為世界是由元素組成的，他們信奉的是門教，好像教主是叫『門捷列夫』。而畢教的教主認為世界是由數字組成的，這在數學國還是很有人氣的。」9開始解釋。

「因為他說世界是數字組成的，你們就顯得特別重要，所以你們就特別信他嘍。」高慧話中帶著不屑。

「也不全都是呀，你看剛才，為他喝彩的人並不是很多嘛。畢達哥拉斯並不認為每個數字都有同樣的價值，只是個別數字意義重大。」7雖然仗義，但是並不想聽高慧諷刺。

「哦？哪些數字有特殊意義呢？」陶雷好奇。

「比如10，他象徵著完滿和美好。」

「為什麼呢？漢字國的人也會說十全十美。莫非是因為人有十個手指和十個腳趾，十是十進制的第一個兩位數？」

「畢達哥拉斯有很多解釋，你說的兩個都對，還有10=1+2+3+4，也就是前四個整數之和，而且這四個數

字構成了名為四元體的神聖三角形。」

「什麼是神聖四元體？」

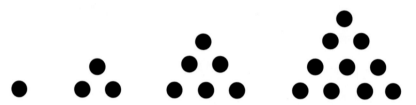

「看這裡」7一面說著一面在地上畫圖，「組成十的四個基本數還表現為1是點‧‧，2是線⊷，3是平面△，四是立體△。或者說，點的流動產生了線，線的流動產生了面，面的流動產生了體，這樣就產生了整個世界。」

「而且四元體中的一、二、三、四還代表著地、水、火、風四種元素，春、夏、秋、冬四種季節，他們加在一起才等於十，所以10是整個宇宙，是完滿和美好。」8張開雙臂，就像環抱著整個宇宙。

「還有他認為世界上一切的事物都可以還原為十組對立關係：

有限與無限，

一與多，

奇數與偶數，

正方與長方，

善與惡，

明與暗，

直與曲，

左與右，

陰與陽，

動與靜。

整整十對。」9也跟著補充。

「這麼說十全十美還是有一定道理的，9姐姐，你比10還要前一個，是個位數字裡最大的一個，畢達哥拉斯覺得你代表什麼呢？」陶雷問。

「哼，可別提了。那死白鬍子老頭認為我是目光短淺的失敗的地平線！」9火往上冒。

「目光短淺？失敗？地平線？是什亂七八糟的？」說的兩人都不明白。

「因為10象徵著完美，而9和10只差了一點點，所以他認為我是缺陷和瑕疵的代表。」

「哦，我明白了，我爸爸常說亞軍才是最大的失敗

者，最接近完美的才是最可憐的。」高慧小聲說，「那地平線是什麼？」

「如果10是永恆的太陽，我就是襯托他的地平線，在日出和日落的圖畫中地平線只是彰顯太陽光輝的擺設。」一貫成熟平靜的9說的怒不可遏。

「嘿，別這樣，他不也說你意味著理性和強大嗎？」8把手放在她的肩上。

「這又是為什麼？」

「9是3的平方，是第一個奇數方陣，這還不夠強大？」

「別裝好人了，對我的負面評價明顯比正面的多好不好？畢達哥拉斯倒是真的很喜歡你，難怪你為他說話。」9很不給面子地一把挪開了8的手臂，接著說，「你可是神聖數字。世界上第一個立方體數字，10以下的唯一一個均勻數。」

「什麼是均勻數？」

「你看8可以分成兩個4，4可以分成兩個2，2可以分成兩個1，多均勻呀，所以他又象徵著和諧。」

8被說的臉青一塊紅一塊，不再回嘴。

「真沒想到，數字還有那麼多講究，好有意思。」就像被打開一扇大門，高慧聽得愈發有趣，「那你們兩個又代表了什麼呢？」

7臉一紅沒說話。

「說吧，他們馬上就是青少年了。」6慫恿著。

「要說你說。」7轉過頭。

「畢達哥拉斯把7稱作處女。」6說完看看兩個小朋友。

高慧臉紅紅的，陶雷反應了一下，抿嘴偷笑。顯然，他們已經學過了。

「畢達哥拉斯認定2是女性，3是男性，所以5和6分別代表著婚姻，因為2+3=5、2×3=6。而7呢，不能由其他性別數字產生，所以被叫做處女。」6想笑又不敢笑。

「這樣啊，你們兩個一個是婚姻一個是處女，也是一組對比。」

「我只不過是個處女，他可不止是婚姻。」7開始說，「6可厲害了，不光代表婚姻，他還是第一個完美數。」

「完美數又是什麼？」

「一個數字的所有真因子，也就是除了他本身以外的約數的和，恰好等於他本身。比如6的約數是1、2、3、6，除去6自己，剩下的三個數相加1+2+3=6，恰好又等於他自己。」

「喲，真沒看出來，你還挺完美，哈哈。」高慧調侃著，大家都笑了。

「畢達哥拉斯對你們四個褒貶不一，但是從胳膊上看你們誰都不信他。」按理來說6和8該很崇拜他才對。

「放過我們吧，數學國的國民，普遍還是很理性的。他說我是完美數，我真的完美嗎？世界上沒有完美的人。他說9是缺陷和不足，9真的那麼差勁嗎？每個人都有缺點，憑什麼讓她一個背黑鍋？畢達哥拉斯確實有很多偉大的貢獻，但並不代表他所有的話都是對的，他是神嗎？」

「在某些人眼中他就是萬能的神。」7冷冷地說。

「1那樣的吧，我們是見識到了。」

「或許他認為對我們的攻擊是一種聖戰。」

「你要知道畢達哥拉斯是如何看重他就不難理解了。」6789相視而笑。

　　「我記得剛才你們說世界上的十組對立就有提到一。」陶雷注意到了。

　　「是的，畢達哥拉斯認為1是萬物的起源，世界的開拓者和創始者，天生的領導。1代表著智慧。一與多的對立就像左與右一樣，換言之，1和剩下所有的數字加起來一樣重要。」8娓娓道來。

　　「天啊，那1地位這麼高，那豈不是應該做國王了？」高慧驚呼。

　　「他確實地位極高，我曾經在畢教中學習過一段時間，1比教主畢達哥拉斯地位還高，每次上課都是大家向畢達哥拉斯問好，然後他向1問好之後才開始教學。但是做國王卻是另一回事了，1曾經有過宣稱自己是數學國合法國王，也有一班教友幫他宣傳，他的稱帝活動鬧騰了將近四年，最後畢竟人數沒有過半，還是加減乘除作為公平的運算法則來擔任國王一職。唉，那段時間真是舉國上下雞犬不寧。」這段話引來他們的嗤笑。

　　「這也難怪1如此崇拜畢達哥拉斯，如果有人能超級賞識我，我也會肝腦塗地，無以為報的。」陶雷想想教過自己的老師，有些落寞，在學校裡並不出眾，沒得

到過什麼特別重視。

「我！我就很賞識你，前提是兩隻手的我。」高慧把話題帶回了矛盾上。

「明早十點，決鬥場內，六芒審判。」除法大王最後宣讀公告的一幕讓他們記憶猶新。

「還有十個小時。」

「還缺兩位鬥士。」

「你們應該還有朋友吧。」陶雷寄希望於他們。

「朋友當然是有，但是願意得罪畢教而出戰的不知道有沒有。」8憂鬱地說。

「我們趕緊出去問問，爭取今晚說服兩個好幫手。」高慧直起身，一副要出發的樣子。

「現在不行，全城都睡覺了，大家都早早休息等著看明天的審判呢。你不記得散場的時候有些人是怎樣幽怨地瞪著你們？」9把高慧又按下去。

「我們沒注意。」

「那是酒吧的生意人們，因為你們鬧事，今晚大家都早睡了，讓他們損失慘重。」

「管不了那麼多了，把睡著的叫醒問問。」

「沒人喜歡被半夜吵醒，說不定直接化友為敵。」

「那該怎麼辦？」

「好好睡覺，明天總會有正義人士出手相救。」

◆

第一縷慘白陽光劃出東方天際時，角斗場已經開始佈置。

賽場中央的欄杆被移走，幾個工作人員正在用尺子和白色粉末繪製一顆斗大的六芒星。

第一層的看臺已經坐滿了，數字們懶洋洋靠坐在椅子上吃著早餐，兩側透來的晨風清爽怡人。

「是個讓惡魔下地獄的好日子。」8咧著嘴笑。

「果不其然他們的骨幹都來了。」9遙指對面。

1帶著五個朋友在活動筋骨，看到9在指指點點，便徑直走過來。

「多摸一摸你的右手吧，它在你的手腕上只有最後一個上午了。」1還是一臉兇相。

「還是準備好止痛藥吧，一會兒就該挨一百板子

了。」7也毫不示弱。

「怎麼你們就只有4個數字嗎？上場人數不夠可是要直接認輸的喲！」說完1擺手示意兩旁站著的10，28，100，220和284。

「時候還不到。」6微笑道。

「走著瞧。」

「不送。」

望著一席人的背影，高慧嘟噥：「10果然來了，其他四個又是什麼來頭？」

「28和我情況差不多，他是第二小的完美數，也是兩位數裡第一個完美數，你看他的因數有1、2、4、7、14、28，1+2+4+7+14=28。不過我們心態完全不一樣，我沒那麼自戀。」6毫不留情。

「100就不用多說了，他是10的平方，畢達哥拉斯認為100象徵著公正，他們自然同氣連枝。」

「220和284則有些不同，他們是第一對相親數。」

「相親？他們要結婚嗎？」

「不是啦，是相親相愛的意思。相親數指的是兩個正整數中，彼此的全部約數之和，不算本身，與另一方

相等。你看：

220的全部約數（不算本身）相加是：1+2+4+5+10+11+20+22+44+55+11=284

284的全部約數（不算本身）相加是：1+2+4+71+142=220

換言之，相親數又可以說是兩個正整數中，一個數字全部約數與另一個數字的全部約數相等。

220的全部約數之和是：1+2+4+5+10+11+20+22+44+55+11+284=504

284的全部約數之和是：1+2+4+71+142+220=504

「好神奇！」陶雷和高慧瞪大了眼睛。

「畢達哥拉斯說過，朋友是你靈魂的倩影，要像220和284一樣親密。他們因為畢達哥拉斯而找到了靈魂伴侶，必然受不了你們的詆毀，我昨天就想到今天要和他們交手了。」7安然自若。

九點三十分，一個標準的六芒星圖案佔據整個賽場，在烈日下煞是刺眼，審判正式開始。

站在場地一端地高慧還是想不通，怎麼就突然捲入了一場爭端，還要把自己的右手賠上。

她掐一掐右手，還是很痛的。沒能從夢中醒來令她很失望，如果一個小時之後再掐一次，希望還有痛的感覺。

除法大王宣讀比賽規則將她喚回現實，觀眾陣陣噓聲，催促著比武快點開始。

加法大王俯身對1說：「請上場證明你的正義。」

1大步流星走到場中央高呼：「偉大的畢達哥拉斯不容置疑，不容詆毀，任何對祂的誣蔑必將付出血的代價，在場的誰願意為我而戰！」

觀眾席發出一陣歡呼，緊接著10，28，100，220和284魚貫而入，他們早已穿戴整齊。

加法大王憂慮地看著陶雷和高慧說：「請上場證明你們的正義。」

他們倆攜手走入場中，朗聲道：「豆子和肉都是大自然賜予我們的禮物，我們有權利享受美味，不能因為一個人的言論而失去飲食的自由。還有商高定理也好，畢達哥拉斯定理也好，都是為了造福世人所發明的，到底誰先誰後，沒有必要為此展開暴力行為。在場的朋友們，有誰願意為我們而戰。」

說中很多數字的心坎，歡呼聲更盛。

6789依次排列入場，也都是頂盔摜甲。

「你們只有四個數字。」

「算上我們兩個行不行，這件事因我們而起。」高慧心存僥倖懇求道。

「不可以，在數學國內發生的審判必須由數學國民來完成，不論當事人來自哪裡，這是千百年來定下的規矩。」除法大王搖搖頭，「還有二十五分鐘，你們必須找到兩位戰友，不然就要判你們負了。」

他們倆遙望四周，茫茫人海，就沒有兩個能出手相救嗎？

觀眾大多是一副事不關己高高掛起地湊熱鬧像。

每隔一段距離都會有一個畢教教徒巡視著嚷嚷：「我看誰敢下去！」

看來都是策劃好的。

「我等這一天很久了！」霹靂般一聲大吼，一個身材矮壯碩厚的漢子從看臺東側衝入場內，此人濃眉闊目，鼻直口方，一頭捲髮好似獅鬃般散開，無袖背心被肌肉撐得鼓鼓的，中央寫著$\sqrt{2}$，左手臂上紋著一個捲髮

絡腮鬍鬚的年輕人。

「無理數！他出來了，今天有好戲看！」竊竊私語一片。

1為首走到√2面前：「你還敢回來。」

√2看看1，看看全場觀眾，看看天。

抬起右臂像所有人展示那個頭像。

「當年算你走運，你和他都該死。」1斬釘截鐵。

陶雷偷偷問身邊的7：「那畫的是誰？」

「他叫『希帕索斯』，原本是畢達哥拉斯的學生，是他依據有理數的模樣創造了無理數，那時的畢達哥拉斯還不能理解無理數，因此大為恐慌，便展開清洗活動，全城上下搜捕無理數，要屠殺乾淨。然而希帕索斯冒著生命危險把無理數們送上開往遠方的貨船，在開船的一剎那畢教的追兵趕到，希帕索斯為了爭取時間，犧牲自己和畢教徒英勇搏鬥，最終寡不敵眾，被捆住扔進海裡。無理數們大為感激，仿照畢教徒，在左臂上紋希帕索斯頭像以示懷念。」

「他們什麼時候回到數學國呢？」

「畢達哥拉斯死了很久以後。雖然回來了，但是因

為受過生死的驚嚇，精神都有些不正常。」

再看√2怒目而視：「任何違背你們教義的都要消滅，真是霸道啊！今天看我替天行道！」

「那就看你贏不贏得了我。」1掰的手指嘎嘎響。

「呵呵，只會用兩種武器也敢說大話。」√2笑了。

「一會兒用劍說話。」

叫陣過後，陶雷和高慧趕忙走到√2前說：「真不知道該如何感謝您，救人於水火之中。」

「我和1早就該打一場，只要是畢教的敵人就是我的朋友，你們再去場下找一位數字。」

高慧忍不住問：「1只會用兩種武器是什麼意思？」

「我們通用的是加法劍、減法槍、乘法錘和除法鞭四種武器，1只能使用前面兩種。」

「後面兩種呢？」

「任何數字乘以1或者除以1數值都不變啊。」√2得意道。

「獲勝的幾率增高了，太好了。」說完，他們倆望向四周，等待援兵。

$\sqrt{2}$的到來引得觀眾雀躍，騷動陣陣卻遲遲無人動身。

還剩十分鐘，加法大王提醒他們剩的時間不多了。

陶雷和高慧頭上冒汗了，他們看著五位隊友，希望他們還能叫來幫手。

「像$\sqrt{2}$那樣想幫忙的早就會下來，不願意幫忙的再等也不會出現。」6開始沮喪。

「還有沒有其他無理數啊，當初一起坐船逃走的？」他們看著$\sqrt{2}$。

「有是有，但是他們對畢教徒猶如驚弓之鳥，躲都來不及，更別說面對了。」$\sqrt{2}$面露哀色。

由此可見他今天的義舉是冒著多大勇氣。

眼見時間迫近，高慧的金手鏈只能戴在另一隻手腕上了，陶雷焦急萬分不禁跑向看臺大吼：「數學國的朋友們，你們就這樣眼睜睜看著一個不知情的可憐女孩因為一點小過失就失去右手嗎？太殘忍了吧！」

沒有回應，他們把頭偏向左邊或者右邊，不去直視陶雷的眼睛。中間還有些數字興奮地直樂。

想到以愛與和平為發展理念的國家，國民竟然如此怯懦和嗜血，不禁大吼：「就沒有一個勇敢的數字

嗎？」

寂然無聲。

1在一旁哈哈大笑：「畢教就是真理。」他狂叫。

就在此時一個震耳欲聾的聲音：「我來加入你們。」

烈陽照射下一個壯碩異常的身影從看臺上直接蹦到場中央，黝黑的肌膚反射出珍珠般地光澤。

除法大王的驚呼從麥克風中擴散至全場每一隻耳朵。

「怎麼！」

「你！」

循聲望去，國王包廂地坐席上空了一個位子，乘法大王沒了。

畢教的陣營瞬即陷入混亂，1跑過去質問：「你在做什麼？你是六芒審判的法官，不是選手！」

「六芒審判規定只要是數學國的國民就有權利捍衛正義，我是國王亦是國民，有資格上場，百年不遇的活動我可不想缺席，哈哈哈。」他的笑聲如同霹靂。

「他們動手傷人，我的傷口你都看見了，憲法規定私下傷人者重判，難道國王不認為法律是正義的？」1

的呼叫聲雖然嚴厲，但是並非強勢的叫囂，更像是被壓迫後的反抗嘶吼。

「法律在不在理，審判完了就知道。」說完扭頭走向對面。

高慧和陶雷又驚又喜，跑過去連聲道謝。

乘法大王看都沒看他們一眼，直奔更衣室，中途甩下一句話。

「老子愛吃肉。」

◆

頭盔、胸甲、護臂、護腿、護手，乘法大王和$\sqrt{2}$披掛完整。

6789早就整裝完畢，盔甲內早已不是昨日的長衫與紗麗，取而代之的是活動方便的勁裝。

六位鬥士甲冑鮮明，挑選武器。

乘法大王二話不說，從武器庫裡拎起一把乘法錘，欣慰地撫摸著錘柄。「好伙計，該我們了！」

$\sqrt{2}$身形矮壯，因此拿了一把加法劍和一面盾牌，打

算誘敵深入，防守反擊。

8和6雖然塊頭大卻只是虛胖，拿錘子太重，影響發揮，各自挑了一把減法槍在手中，背後斜背一柄加法劍以防萬一。

7和9是女生，力氣不足，每人只拿了一把加法劍。

乘法大王看著女鬥士們搖搖頭：「就這些嗎？」

7臉上一緊，有些結巴道：「就……就這些。」

「把頭盔、胸甲、護臂、護腿、護手通通脫掉。」

「什麼？！」她們驚異萬分，「那就一點兒保護都沒有，被打到一下就要認輸了。」

「這麼大的比武場，走位好的話根本沒人碰得到你們。你看今天的太陽，快把石頭烤出油了，打幾個回合就都要氣喘吁吁，身上的重量越多，體力消耗得愈快。你們本來就身材輕盈，何必要犧牲自己的優勢？我剛才看過他們的裝備了，清一色的重裝，你們開始就躲著打，帶著他們繞圈跑，不出三分鐘他們就得眼花，然後看你們怎麼解決。還有把劍扔掉，帶上減法槍和除法鞭，掌握好距離，一擊制勝。」乘法大王看似魯莽衝動，實則粗中有細。

　　專業的戰場分析無疑增添了大家的信心，能有這樣的幫手陶雷和高慧都似乎放下懸在半空中的心。

　　7和9言聽計從，輕裝上陣，手中擎著長槍，腰間纏著長鞭。只是兩人纖細的腰肢卻變得粗壯起來，頗似剛剛生過孩子的壯婦，被乘法大王看在眼裡，礙於時間關係，沒多過問。

　　在她們脫衣服之際，陶雷問乘法大王：「你不是數字，被打中會受傷嗎？」

　　「你見過哪個運算中會有兩個運算符號連在一起？」

　　「從來沒有，那如果你被……」高慧欲言還休，看著他。

　　「精神錯亂。」

◆

　　炎陽的爆燥，毫不保留的侵襲了整片角斗場。

　　南北兩端，各有六位鬥士一字排開，兩兩相對。

　　除法大王一點頭，一隻號角高鳴。

在場的十一位鬥士摩拳擦掌、蓄勢待發。

唯有乘法大王拔腿狂奔向對手，面帶著歡愉。

其他數字也才邁開闊步，衝向眼前的仇敵。

與乘法大王相對的是284，兩人拉近到只有四十米的距離。

在高速疾奔的狀態下，再過三秒鐘就要第一次碰撞出火花。

284已將左手的盾牌提至胸前，護住中門，右手長劍舉過頭頂，隨時可以劈砍。

乘法大王卻略微減緩速度，壓低重心，雙腿略蹲將力量積蓄在小腿上，口中默念：「力量成倍，力量成倍，力量成倍，力量成倍，力量成倍，力量成倍，力量成倍，力量成倍！」

等284來到只有十米的距離時猛然一躍而起，閃亮的乘法錘在太陽底下猶如另一個明艷的太陽。

見乘法大王宛如化身猛虎撲面而來，284舉起盾牌本想擋住這當頭一擊再揮劍還擊，但氣勢太甚逼得他不得不在最後一刻選擇閃身躲到旁邊。

乘法大王會心一擊毫無保留，中途再也不能變招，

錘子深深砸在六芒星的中心，將大地裂開數條裂縫，賽場劇烈顫動。

場上所有鬥士被彈起一米多高，再垂直摔下。

284離著最近，盾牌被摔碎，加法劍也脫手了。仰天躺在地上，直視著刺眼陽光，緊接著眼前一黑，一個重物結結實實砸在臉上，便什麼也不知道了。

乘法大王解決一個對手後，癱倒在地上，那一擊實在是消耗太多體力了，他大口大口喘著粗氣，想站起來幫助其他隊友，但是發軟的四肢拒絕了他。

其他十位鬥士相繼從地上站起來，兩條腿被震得發麻，手中握緊武器，凝視對手。

場上現在五對五，雖然那一擊氣勢如虹，卻並不能帶來優勢，還是在同一起跑線。

220看見284被擊倒，心中大怒，放棄了眼前的9，直接往284的方向奔跑，他急於為相親數包紮傷口並手刃仇敵。哪知剛跑出兩步，一柄減法槍便向他斜刺過來，220不得不跳開迎擊。

9和220的加法劍交鋒了一下、兩下，彼此試探。220意欲速戰速決，蓄力跳斬過去，9向側面躲閃，乘機

回刺一槍，被盾牌擋住。

220發狠連著劈了十多劍，9只是向後，向兩旁跳躍，不再還手。220叫喊著：「過來打啊，這算什麼鬥士？」

「懦夫！懦夫！」場下的觀眾也頗為不滿。

9沒有回應，騰出左手食指朝他勾一勾，讓他過來。

遭遇挑釁，220更是惡向膽邊生，又是一通連環斬擊。9面帶微笑，輕盈地越過每道攻擊，身影不斷向他沒拿盾牌的弱側靠近。

220並不愚笨，隨時轉身保護自己。9突然跳到左側，拿槍當棍，猛然砸向220拿劍的手臂。

220轉身用盾牌格擋，但是晚了一步，槍尖被盾牌撞斜，槍身繼續往下劈落，砸在他用劍的小臂上。

還好不是槍尖，220沒有變顏色，但是槍身的力度不小，讓他痛得想叫。

9見一擊得手，立即抽回減法槍，再次展開盤旋。

右手吃痛，220放低加法劍，全力舉起盾牌向9撞去。

9哪敢硬碰硬，繞著比武場邊緣狂奔，跑出50多米後回頭觀望，220完全追不上，腳步遲緩，目光開始有

些渙散。

　　她故意等220接近，然後繼續奔跑，就這樣一跑一等，一跑一等，220追得面色通紅，最後乾脆用劍拄著地休息。

　　怎能錯過這樣的好機會？9虛晃一槍刺他的正面，220舉盾迎擊，哪知她半路收槍，跳至側面，一槍點在他護腿覆蓋不到的小腿後面。

　　瞬間220全身發藍，胸甲前的數字變成211。

　　同樣是輕裝上陣，7就沒那麼順利了。

　　她的對手是10，當第一次7往後逃竄的時候，10沒有追趕，而是找到離著最近的1和$\sqrt{2}$，和1一起雙戰$\sqrt{2}$，立時險象環生。

　　7不得不跑回來與10正面交鋒，幾個回合之後，7試圖再次逃竄，10仍然不上當，馬上去夾擊$\sqrt{2}$。

　　7知道這招不能奏效了，心中暗暗叫苦，只好硬著頭皮死鬥10。

　　10拿的也是減法槍，他見7腳步變得穩健，便知她不會再遊走，而是要正面決鬥。紮好馬步，將大槍前後左右一抖，槍頭來回抖彈間風聲四起，猶如十個槍頭刺

向7。

　　7明知力量不佔優勢，仍是往後退閃，並不還手。就這樣一進一退，不知不覺間被逼到牆邊。

　　10心中大喜，一個花法使出絕技「十面埋伏」，用槍尖把7團團圍住。

　　背後是牆，兩旁都被封死，只好背水一戰。7使足力氣將減法槍扔向10，兩槍相撞火星四濺，7的槍被高高彈起飛入觀眾席內，誤傷了一位觀眾。而10手臂一震，不由得倒退了兩步，趁這個契機，7逃出包圍圈，從腰間抽出除法鞭重新組織戰鬥。

　　10穩定一下心神，依舊不慌不忙，左手也從背後抽出除法鞭，右手持槍，一左一右，一長一短，一上一下，看似無懈可擊。

　　7雖然通過丟槍暫時逃過一劫，但是心裡開始慌亂，藉著鞭子長度反手回去抽打10的小腿。10用左手的長鞭防禦，兩鞭相撞發出銳利的哨聲，接著減法槍刺向7的小腹。

　　7閃身躲過，再次揚手揮鞭，意圖纏住他的脖頸。10揚起長槍，長鞭碰到槍桿力道未卸，在上面纏繞了好

幾圈才停下。10見鞭勢已去，搶前一步左手下手出鞭，7已無處可躲，在臉上留下一條清晰地血印子，霎時全身湛藍，胸前的數字變成0.7。

　　幾乎每個鬥士在戰前都要估量和挑選對手，唯獨他們，想都不用想。

　　1和$\sqrt{2}$的對決，是宿命。

　　不知道女人是由男人的一根肋骨做成是不是真的，而$\sqrt{2}$是由1為藍本所打造一定是真的。

　　希帕索斯在學會畢達哥拉斯定律或者說商高定理之後欣喜若狂，不停地拿數字去做實驗，3、4和5；5、12和13，數學是如此之精妙令他著魔。他忽然想起最特殊的直角三角形，等腰直角三角形。如果兩邊都是1的話，最長邊應該是多少？他反覆算反覆找，竟然沒有一個合適的答案。興奮之餘他依樣畫葫蘆，依據1的模樣創造出了$\sqrt{2}$，很不幸，當年還沒有根號這種東西，$\sqrt{2}$還是1.414213562373095……無窮無盡長長的一串。此後一發不可收拾，那一晚$\sqrt{3}$、$\sqrt{5}$、$\sqrt{7}$、$\sqrt{10}$等等好多個數字應運而生，當然也都是像1.732050807568877……一樣沒完沒了的一串。

當他在屋舍中手舞足蹈為自己的作品而慶祝時，一個畢教的同門來找他吃飯。

從沒見過無理數的同門呆若木雞，眼前一個個頗似數字中了邪，驚聲尖叫後慌忙跑去通知教主畢達哥拉斯。

畢達哥拉斯帶著幾名核心門徒迅速趕到，看到無理數也目瞪口呆，畢竟是成名的學者，他當晚就待在屋內和希帕索斯推敲研究演算過程，發現希帕索斯的運算準確無誤，可是這些無理數既不是整數也不能用整數之間的比值來表現出來，畢教的核心理論是萬物皆數，換言之，宇宙的一切事物的度量都可用整數或整數的比來表示，除此之外，再無其他。

這給畢達哥拉斯帶來有生以來最大的危機感，忠於數學則畢教名譽掃地，忠於教派則良心難過。再偉大的學者也不過是凡人，人性戰勝了理性。為了保護教派的聲望，他當晚決定在場的所有人發誓封鎖消息，守口如瓶。當每人都虔誠的起誓之後才留下希帕索斯和無理數，帶著幾名門徒離開。

然而畢達哥拉斯在回家的路上心意就變卦。

發誓豈可守口如瓶，利劍確保一世安寧。

翻身回頭打算除掉希帕索斯和所有無理數，但是當他來到希帕索斯的家卻撲了空。

原來希帕索斯早在畢達哥拉斯臨走之時看出他眼中的殺意……

早在幾百年前惑瘋大陸已經承認無理數的存在，小數國也接納了他們，但是那不可逾越的坎兒，在心裡。

當年的逃亡經歷歷歷在目，希帕索斯的勇猛無畏與畢達哥拉斯的瘋狂嗜血牢牢印在心中，$\sqrt{2}$加快了前進的腳步。

烈日照耀下，在1的眼中，$\sqrt{2}$有如一個四周散發金光的鐵塊。

右手拿的加法劍，通體都映射著寒光。

1毫不退縮，轉身、扭腰、揮臂，同樣拿的是加法劍向$\sqrt{2}$盔甲保護不到的頸部猛斬下來。

沒有盾牌阻擋，$\sqrt{2}$也揮劍橫斬，兩刃相擊，在空中漸起萬朵鐵花。

兩柄利器都被彈開，雙方各自退後兩三步，才能化解兵器反撞的力道。

　　絕不留喘息之機，雙方站定之時立即反撲，展開第二輪的攻勢。

　　1仍舊全力劈砍，而$\sqrt{2}$這次用盾牌和劍同時抵擋，雙手之力大於單手，1的寶劍被彈起，中路大開，$\sqrt{2}$跟著起右腿猛踹1的前胸，1忙舉盾牌阻擋，那一腿紮紮實實踹在盾上，1向後倒退幾步，$\sqrt{2}$也被後座力退出三步才站穩。

　　又是七次紮實的交手，全無靈巧的移動，也沒有華麗的技巧，就像兩個原始的猛獸一下一下比拼意志。

　　如果說其他人身上散發的是戰意，他們則是殺氣。根本不去想如何用劍尖碰到對手取得勝利，只想狠狠劈斷對手洩憤。

　　第二十三個回合過後，$\sqrt{2}$的盾牌裂成三片。

　　第二十七個回合後，1的盾牌從中斷開。

　　第四十一個回合過後，1的加法劍從劍柄四分之一處被折斷。

　　第四十三個回合後，$\sqrt{2}$的加法劍被踢飛。

　　1扔掉斷劍，揮著拳頭衝了過來，$\sqrt{2}$沒有閃躲，也擺著同樣姿勢應對。

每人左邊臉頰都腫起高高的一塊，目光卻依舊兇狠。

幾記連環拳過後，1的鼻梁骨折了，左眼青了一塊，$\sqrt{2}$的右眉骨被打開，下巴裂開。

沒有被附帶運算能力的武器擊中，他們永遠也不能獲勝，只能這樣廝打著，沒有盡頭，而他們卻毫不在意。

一次交鋒中，$\sqrt{2}$抓住了1的手腕，而1揪住$\sqrt{2}$的脖子，他們從站立扭打到地上，不斷翻滾，一會兒1壓在上面，一會兒$\sqrt{2}$壓在上面，彷彿直到最後一絲餘力用光才能結束。

觀眾都閉上了嘴巴，而血液卻愈加沸騰。

唯一一組開場之後沒有動手的是6和28。

在站位的時候他們早已目光交錯，鎖定對方了。

完美數之戰。

28一手提著戰錘，一手綁著盾牌，距離還有五十米的地方率先停下，高舉盾牌，斜眼看前方的6。

這讓6大感意外，兩邊已經傳來金屬碰撞的清脆聲響，眼前的對手卻戰意全無，他生怕其中有詐，不敢貿然進攻，在相聚五步左右的地方站穩，這是長槍所至而

戰錘不及的位置，進可攻退可守，佔盡優勢。

28明顯處於劣勢卻毫不在意，把盾牌移開稍許，探出整個頭部，直視6。

「六哥，」28的眼神中混雜著回憶的溫馨與背叛的憤怒，「你當初為什麼要離開呢？我們一直想著你。」

他說著，右手的戰錘放低到地上，濺起一圈塵土。

當年畢達哥拉斯初到數學國，誰也不認識。他確實天賦秉異聰慧過人，經過幾十年的研究與論述，發明了許多驚人的理論，吸引不少門徒。還有就是他在數數平等的數學國建立起一套獨有的階級制度，將數字劃分為三六九等，引發出一系列矛盾衝突，趁此壯大了隊伍。

最基礎的劃分是奇數和偶數，這倒還好，兩邊勢均力敵，並無貴賤之分。質數的出現則不同了，當他們發現除了1和他們本身外沒有數字能組成他們，便認定自己是獨特而純粹的數字，應該比合數享有更高的特權。三角數和五角數發現僅憑一己之力就可以表現一個三角形或五角星，功能強大，因此呼朋引伴成立了三角黨和五角黨。平方數和立方數更是各自組成兄弟會，黨同伐異。然而，當完美數被發現，數學國為之一振，每位國

民都在計算著自己的因數加和，相乘相加都能等同原數，的確是奇妙的體現。最後6、28、496、8128等寥寥無幾的幾個數字脫穎而出，正所謂物以稀為貴，無論質數、三角數、五角數、平方數、立方數都是滿坑滿谷，一百以內完美數兩名，一千以內三名，一萬以內四名，完美數瞬間成為數學國的貨真價實的貴族，在畢教中僅次於1的存在，在數學國更是一人之下，萬萬人之上。

那些年，這些有點頭銜的數字都歸順於畢達哥拉斯的門下，隨著他弘揚教義，直到長達四年的1稱帝運動失敗，畢達哥拉斯因為不願踏足豆子地而被殺害，才分崩離析，一部分人退出教派，但還有像1這樣蓄勢待發謀求復辟的數字。

6在運動初始階段就退出教派，這讓大家很不解。28則在失敗後依然忠於畢教。

「當時我就跟你說過，和我一起走，你就是不聽。」6聳聳肩，「現在你還不回頭嗎？」

「1是世界最基本的組成部分，我們是完美的化身，在數學國就應該由我們這樣的精英數字所統治，這有什麼不對？」28攤開雙手，盾牌也隨之打開。

「相比起來，我還是願意加、減、乘、除四位大王來統治數學國，無論誰在運算符號面前都不偏不倚，沒有高低貴賤，沒有親疏之分。其實真正讓我害怕的是你們事成之後。」

「是咱們。」28糾正他。

「好吧，當時確實是咱們，畢達哥拉斯當時怎麼計劃的？」6直勾勾望著28。

「掌握數學國之後重新書寫惑瘋大陸的秩序，建立一個全新的，更有條理的惑瘋大陸。」28目中放光，展露出燦爛異常的笑容。

「說的好聽，你我都懂，就是先控制數學國，再去征服惑瘋大陸上其他的國家，做萬王之王。」6鄙夷的看著他。

「是又怎麼樣，萬物皆數，這個世界就是由我們數字所組成的，明明擁有強大的力量，卻不去奪取榮耀，活著多窩囊。什麼漢字國、化學國、生物國，通通都是謬論。」28說的情緒高漲。

「身在教中，我不否認萬物皆數的理論是正確的，但是我四處遊歷也認識了其他國家的朋友，他們的說法

也都沒有錯啊！我實在找不到說服他們服從數字的理由，還有漢字國的城堅防固，化學國的硫酸戰士，生物國的夢幻迷宮，我們一旦起兵必然損失慘重，大家和平相處何樂而不為呢？」6也說得激動起來。

「有得必有失，這個過程必然會慘烈，但是將創造出惑瘋大陸新的格局，我們攜手共創一番事業豈不美哉！」28眼中充溢著對新世界的渴望。

「野心勃勃。」

「雄心壯志。」

「愚昧至極。」

「高瞻遠矚。」

28再次把盾牌擺正位置護住軀幹，抬起乘法錘。

6也把槍再次端起。

嘴上沒什麼好說的，只能用手中的武器對話了。

28悄悄將左手手腕傾斜，盾牌不再是直衝著對手，右手戰錘提至胸前。

6明白雖然只是角度小小變化，自己一槍刺去，碰到盾牌會沿著盾面滑落至左側，而自己則不設防，便將槍尖遙指28的小腿。

　　28左腿向前一個弓步，縮緊身子，減少了正面面積，盾牌能護住大半個身子，右腿蹬地，如拉滿弦的彈弓，隨時一觸即發。

　　6則將槍尖抬高，如果28如此俯身衝過來，就從上方越過盾牌抽打他相對薄弱的後背。

　　28又這樣再轉了兩次架勢，6同樣相應地微做調整，都沒有真正發動。

　　28每次轉換之間其實都做了出擊的假動作，誘使6反應出錯產生破綻，但都被6一一化解。

　　烈陽下兩人臉頰都涔出晶瑩的汗珠，刺目陽光雖不是直射，卻也晃得眼生白暈。

　　誰都不敢眨眼，生怕一秒的漏洞，失手當場。

　　28先忍不住，將身體蹲縮成到最小，由盾牌開路，向子彈般彈射出去，猛撞6的胸口。

　　槍尖絕對禁不住這猛烈地撞擊，6趕緊向後退半步紮了一個大馬步，用槍柄橫握迎接重擊。

　　哐的一聲悶響，槍柄被砸彎，兩方僵持了一秒鐘，都被後座力向後彈開兩三步。

　　28不給對方喘息，掄錘砸過來，6並不迎擊，而是

瞄準大腿刺去，算著槍的長度佔優，在被打中前能率先得手，以攻代防。

逼得28不得不提盾防禦，這一來錘勢減緩，威力大減。

就這樣，你來我往，戰在一團。

一次次鋼鐵間的碰撞猶如戰歌，歌聲從金石般清脆轉至轟雷般沉悶。

6的減法槍在重錘的敲擊下快不行了，28的盾牌也即將解體。

6又是一記猛刺紮在朽盾上，不料槍桿承受不住壓力九十度彎曲，槍頭朝天。

28一看機會來了，左手翻腕抓住槍頭，試圖把減法槍奪過來，6沒了武器，失敗是遲早的事。

兩人一手拿著槍的一端比拼力氣，統統面紅耳赤，僵持不下。

6心生一計，突然撤去回拉的勁力反而全力將槍推向對手。

這突如其來的力道讓28反應不及，一個踉蹌向後倒步，雙手仰泳狀保持平衡。

6藉著拉力追身上前，拔出背後的加法劍在他盔甲不及的肘關節全力斬殺。

28仰面摔倒之時，渾身赤紅，胸前數字變為34。

唯獨分不出勝負的是8和100，他們分別是立方兄弟會和平方兄弟會的會員，在畢教衰落之後也保持著良好的關係，溝通往來頻繁，自然對彼此瞭若指掌，苦鬥多時依舊不分勝負。

早先解決掉7的10環顧四周，心道不妙。1和$\sqrt{2}$陷入僵局，28、284和220都被擊潰，對方還有6、8和9三位鬥士。

站在地上的人數是三對二，劣勢。

10深知如果分散開來勢必腹背受敵，搶步趕到100的身邊並肩作戰。這時6和9也來到8的身旁正面迎擊。

8眼見對面多了兩個敵手，他無暇清點己方人數，不知是戰是走。

10悄聲說：「十萬火急。」，然後虛刺一槍，8心領神會，立刻抽身就走。

8也看清人數佔優，心中大喜，和6一道乘勝追擊，9體力有些不支，但也一面深呼吸一面緊隨其後。

10還嫌跑得不夠快，用長槍當拐杖，在地上像滑雪般撐地加速，6和8在後面看來動作甚是滑稽。

這麼做破壞到平衡，速度反而降低下來。

在場的只有100知道，10這麼做意義不在於此。當第五下槍托敲擊大地之時，100和10同時轉身，10就像鏈球一般貼著地衝向6和8，手中的減法槍橫掃兩人的小腿！

完全來不及思考，更來不及停步。8和6無處閃躲，本能地高高躍起躲過槍尖，在空中雙管齊下刺10的面門。

當跳在空中，他們才知道10只不過是誘餌。

他成功地吸引了所有人的注意，而100則在身後從懷中掏出一把亮閃閃的東西在烈日下奪人二目。

100的成名絕技是——百發百中！

6和8還沒落地，在空中已不能移動，情知不好，眼見三道流星撲面而來。

戰局瞬息萬變，觀眾的眼睛根本撲捉不到細節，只見三個數字倒在地上，胸口的數字分別是2、64和1296。

不虧是數學國的國民，馬上意識到10被8在空中刺

中，減8為2，而100扔出的是比武場違禁武器——平方鏢。

此鏢蘊含著強大的法力，任何數字若中此鏢，當即與本身相乘。

無論誰出手傷數，被害者都是和自身相乘，所以從傷口判斷不出是誰下的手，二來飛鏢多是遠距離發射，因而平方鏢是不折不扣的暗器，是違禁品中的違禁品，只有少數數學國的數警有權利攜帶，比武場講究公平和榮譽，推崇勇氣和力量，更是禁止平方鏢出現。

100例不虛發，他扔出三枚飛鏢，怎奈棋錯一著，9速度不夠，沒能跟上戰團，纖細的身軀被6擋住了，所以8中鏢倒地，變成64，倒霉的6連中兩下，變身為1296，渾身滾燙，苦不堪言。

這是在畢達哥拉斯時期他們就設計好的戰術，10犧牲自己捨身一擊，為100爭取時間清掃對手。10認為他們的配合天衣無縫，給這一招取名為「十拿九穩」，在危機時刻能反敗為勝。

然而稱帝運動並沒有戰鬥到最後一刻，畢達哥拉斯帶著數字們開啟了逃亡的路程，十拿九穩從沒真正使用過。

看著雙雙倒地的6和8，躺在地上的10笑了，以一換三，值當。

他相信100一定會百發百中。

然而十拿九穩，還差了一穩。

速度不夠的9僥倖逃過一劫。

「作弊！」

「懦夫！」

「卑鄙！」

「無恥！」觀眾的叫罵聲此起彼伏，陶雷和高慧的心一下提到嗓子眼，雖然他們不知道規則，也能從噓聲中反應出扔暗器是不可以的，跟著向三位大王吼叫投訴。

臺上的三位大王卻無動於衷，六芒審判並非一般公平決鬥，是真正的搏命，沒有任何限制。

場上形勢瞬息萬變，100本以為一擊得手絕殺三人，沒想到9逃過一劫，心中懊惱萬分。

9驚魂甫定，要不是6和8如人牆般護住自己，早已被打倒，剛剛建立起來多一人的優勢化為烏有。她眼見100背著全場的噓聲抽劍奔向自己，呆若木雞，直直地站在原地沒有任何反應。

在臺上的陶雷和高慧心急如焚，如果9輸了，大局已定，無力回天，高慧喊得直跺腳，其他觀眾大聲吵著：「幹掉100！」

100眼看9被嚇得呆住了，大為寬慰，只一擊就能決定勝局！

還有三米的距離，100藉著跑步揮臂把加法劍舉至左肩上方。

9看似游離的雙目突然綻放出光彩，右手探入上衣中取出一物。臃腫的腰肢魔術般恢復了纖細，手中多了一張漁網。

100眼中露出極為驚恐地神情，速度已經衝起來，沒有倒退的餘地。加法劍挪至胸前，這並不是他的應對策略，而是在危險中，人會本能地護住心臟。

9揚手擲出，漁網在空中張開，散射出彩虹光芒撲向100。

100揮劍只不過讓漁網微微偏離了方向，大部分身體還是被包在網中，慘叫一聲摔倒在地，胸前的數字變為10。

這並非捕魚用的漁網，而是另一件數學國的違禁品

——根號網。

此物威力更甚，任何數字一旦被根號網裹住，立即被開平方根，有些自然數還有可能變成無理數。同平方鏢一樣，根號網傷到的數字也查不出是誰下的手，而且還能佈置出陷阱，所以它的違禁指數還在平方鏢之上。

通常只有數學國的警察在逮捕罪犯的時候才會用到，減法大王和除法大王互相交換了眼神，非法兜售違禁武器應該好好治理了。

在數學國內私自使用，違法；但是在六芒審判中使用，合法。

9低頭俯視著困在網中掙扎的100，輕聲道：「你先開始的。」

說完徑直走向在地上廝打中的1和$\sqrt{2}$，若不是身高差距，早已不能分辨誰是誰，臉上都被血水、汗水和泥水混雜成一團。

「讓一切都結束吧。」9目色陰冷，彷彿來自地獄，在附近撿起$\sqrt{2}$被踢飛的加法劍，「這應該是你的，兄弟。我幫你完成心願。」

說罷，看準較長的一條小腿輕輕劃過。

　　1頃刻膚色赤紅，失去力氣，鬆開角力中的雙手。$\sqrt{2}$感知有隊友相助，揮拳在1的鼻子上重重一擊，再次舉拳時，才感覺精疲力盡，死撐的一口氣終於可以放鬆，癱倒在1的身邊，一動不動。

　　偌大的比武場此時悄無聲息，場上還能站立行走的只有9，她掃視著滿地痛苦呻吟地鬥士們，目中空洞，絲毫沒有勝利的喜悅，這就是正義的結果嗎？

　　地上白粉畫出的六芒星被踩的斑斑駁駁，早已分辨不出為何物。不知誰的授意，開始有救護隊員抬著擔架湧入賽場。

　　十副擔架。

　　乘法大王稍稍恢復了氣力，自己坐起身遙望著主席臺，將頭盔仍過去，毫不在意上面的汗水飛濺到觀眾身上。

　　減法大王單手抓住頭盔，放在乘法大王的座位上。

　　加法大王站起來宣佈：「六芒審判神聖有效，陶雷高慧方獲勝，兩人無罪釋放，1違逆天理，杖責一百，立即執行。」

　　「正義必勝，是上天的旨意，放了他們！」觀眾為

他們歡呼。

是正義必勝？還是勝利的才是正義的？陶雷這時並不能搞清楚，但是他能清楚的是高慧的右手保住了，再一次虎口脫險，這讓他長吁一口氣。

算來比武總共也不過十分鐘，卻曲折錯雜令人心驚膽戰，陶雷看著躺在擔架上的6、7和8，無限內疚，新認識的朋友就為我們出生入死。

觀眾的視角轉到了他們這邊，即使百感交集，在這時也要有勝利者的姿態。

他擠出笑臉，高舉左手去和高慧擊掌慶賀。

然而卻擊了個空。

一直在邊上看押他們的四個數字士兵整齊地倒在地上。

高慧失蹤了。

少年文學40　PG1700

尋找回家的路：
數學國歷險記

作者／周旭東
責任編輯／徐佑驊
圖文排版／周妤靜
封面設計／葉力安
出版策劃／秀威少年
製作發行／秀威資訊科技股份有限公司
114 臺北市內湖區瑞光路76巷65號1樓
電話：+886-2-2796-3638
傳真：+886-2-2796-1377
服務信箱：service@showwe.com.tw
http://www.showwe.com.tw

郵政劃撥／19563868
戶名：秀威資訊科技股份有限公司
展售門市／國家書店【松江門市】
104 臺北市中山區松江路209號1樓
電話：+886-2-2518-0207
傳真：+886-2-2518-0778

網路訂購／秀威網路書店：http://www.bodbooks.com.tw
國家網路書店：http://www.govbooks.com.tw
法律顧問／毛國樑　律師

總經銷／聯寶國際文化事業有限公司
221新北市汐止區康寧街169巷27號8樓
電話：+886-2-2695-4083
傳真：+886-2-2695-4087

出版日期／2017年1月　BOD一版　定價／270元
ISBN／978-986-5731-69-4

秀威少年
SHOWWE YOUNG

國家圖書館出版品預行編目

尋找回家的路:數學國歷險記 / 周旭東著. -- 一
版. -- 臺北市:秀威少年, 2017.01
    面; 公分. -- (少年文學;40)
BOD版
ISBN 978-986-5731-69-4(平裝)

859.6   105023283

讀 者 回 函 卡

感謝您購買本書，為提升服務品質，請填妥以下資料，將讀者回函卡直接寄回或傳真本公司，收到您的寶貴意見後，我們會收藏記錄及檢討，謝謝！
如您需要了解本公司最新出版書目、購書優惠或企劃活動，歡迎您上網查詢或下載相關資料：http:// www.showwe.com.tw

您購買的書名：＿＿＿＿＿＿＿＿＿＿＿＿＿＿＿＿＿＿＿＿＿＿＿＿＿

出生日期：＿＿＿＿＿年＿＿＿＿＿月＿＿＿＿＿日

學歷：□高中 (含) 以下　　□大專　　□研究所 (含) 以上

職業：□製造業　□金融業　□資訊業　□軍警　□傳播業　□自由業
　　　□服務業　□公務員　□教職　　□學生　□家管　　□其它＿＿＿＿

購書地點：□網路書店　□實體書店　□書展　□郵購　□贈閱　□其他

您從何得知本書的消息？

　　□網路書店　□實體書店　□網路搜尋　□電子報　□書訊　□雜誌
　　□傳播媒體　□親友推薦　□網站推薦　□部落格　□其他＿＿＿＿＿＿

您對本書的評價：（請填代號　1.非常滿意　2.滿意　3.尚可　4.再改進）

　　封面設計＿＿＿　版面編排＿＿＿　內容＿＿＿　文／譯筆＿＿＿　價格＿＿＿

讀完書後您覺得：

　　□很有收穫　□有收穫　□收穫不多　□沒收穫

對我們的建議：＿＿＿＿＿＿＿＿＿＿＿＿＿＿＿＿＿＿＿＿＿＿＿＿＿

＿＿＿＿＿＿＿＿＿＿＿＿＿＿＿＿＿＿＿＿＿＿＿＿＿＿＿＿＿＿＿＿＿

＿＿＿＿＿＿＿＿＿＿＿＿＿＿＿＿＿＿＿＿＿＿＿＿＿＿＿＿＿＿＿＿＿

＿＿＿＿＿＿＿＿＿＿＿＿＿＿＿＿＿＿＿＿＿＿＿＿＿＿＿＿＿＿＿＿＿

11466
台北市內湖區瑞光路 76 巷 65 號 1 樓

秀威資訊科技股份有限公司　　　收

BOD 數位出版事業部

....

（請沿線對折寄回，謝謝！）

姓　　名：＿＿＿＿＿＿＿＿　年齡：＿＿＿＿　性別：□女　□男

郵遞區號：□□□□□

地　　址：＿＿＿＿＿＿＿＿＿＿＿＿＿＿＿＿＿＿＿＿＿

聯絡電話：(日)＿＿＿＿＿＿＿＿＿　(夜)＿＿＿＿＿＿＿＿＿＿

E-mail：＿＿＿＿＿＿＿＿＿＿＿＿＿＿＿＿＿＿＿＿＿＿